远　水

张者　著

远方之水，滋润着心中的绿洲，那是我们的精神原乡。

——张者题记

目录

第二部

远　水

第　一　部

地窝子

一

一个年过半百的老男人往往会悔恨过去，这是男人老了的新状态，黄建疆就是这样一个人呀。黄建疆的悔恨一直溯及婴儿时代的懵懂一望："小时候为啥那么不懂事？为啥会目不转睛地盯着一个地方看……"

让黄建疆悔恨的那一年应该是1963年，他出生在著名的塔克拉玛干大沙漠边沿。黄建疆的出生地不可谓不著名，这比他爹黄世云的出生地河南省驻马店一个叫黄庄的小村子著名多了。按理说黄建疆不应该悔恨，可是，未满周岁的黄建疆曾被独自扔在大漠边缘的地窝子里，这事摊上谁都会有恨。如此说来，这就不仅是悔恨了，这还有怨恨和记恨。悔恨是恨自己，怨恨是恨亲人。

所谓地窝子就是在戈壁滩上挖一个坑，某一边开门，平出一条坡道供日常进出。上方用红柳枝盖着，封土。地窝子如地下室，四壁无法开窗，只留天窗一处。未满周岁的小黄建疆躺在地窝子的床上，一睡就是一天。在这漫长的一天里，无论是饿了还是尿了，都不会有人管。爹娘天不亮出工，黑透了才归，披星戴月。黄建疆除了忍受饥饿和滚一身自己的屎尿外，最重要的是忍受寂寞和黑暗。小黄建疆眼巴巴地盯着地窝子的天窗看，目不转睛，在极度恐惧中向往着那唯一的光明。天长日久，黄建疆的眼睛斜视了，成了一个斜眼。当小黄建疆会走了，他能独自走出地窝子之后，那斜视的眼睛再也无法矫正过来了。

这样说来就是黄建疆的父母不对了，怎么如此不负责任，把一个孩子扔在地窝子里不管？可是，黄建疆的父母是第一代新疆兵团人，他们当时的任务是开荒，向大漠索粮，没有时间管孩子呀。小黄建疆一个人躺在地窝子里，哭声像荒原的风一样若隐若现。黄建疆和大多数婴儿一样，哭声洪亮而又任性，只是那哭声是在地下的，就像在另外一个世界。哭声完全被大地没收了，真是哭天天不应，哭地地不灵。

黄建疆的小时代摊上屯垦戍边开发新疆的大时代，他只能孤独地在地窝子里度过，自生自灭。他能坚持着活下来没有夭折就不错了。好在他的哭声还不够洪亮，否则很可能把狼招来。当年兵团人的孩子在地窝子里被狼叼走的事不是没有，黄建疆赖好没被狼叼走，只不过眼睛斜了。

后来，人们给在地窝子里成了斜眼的孩子起了一个共同的绰号：小斜眼。可见，这种斜眼的孩子不止黄建疆一个，有一批呢。只是黄建疆这个斜眼长大后，他干出了不少邪行的事，有人就给他又取了个绰号叫黄老斜。按新疆话说："小斜眼长大了，走出了地窝子，黄老斜那个哈㞞就诞生了。"

黄建疆出生那年对中国来说很特殊，正是百废待兴的一年。从1959年的下半年到1962年的上半年是中国的所谓三年困难时期。黄建疆的爹黄世云从老家驻马店一路流浪到了新疆，没别的，就是听说新疆地多，兵团缺人，去了就饿不死。老家黄庄已经饿死人了，黄世云趁着村口站岗的民兵排长饿昏过去的关键时刻，冲破封锁线，出了村，踏上了西去新疆的漫漫长路。应该说黄世云的运气不错，他到了新疆正赶上国家总理周恩来向新疆兵团发出指示，要求新疆兵团收容进疆“自流求食”人员。所谓“自流求食”人员说白了就是“盲流”。据史料记载：新疆兵团前后收留了“自流求食”人员21万多人，从而使新疆兵团人口大幅增长。

黄世云成为兵团人后获得了新生，当年只要进了兵团，不但有饭吃，还有政治待遇，都算自动支边青年。最关键的是黄世云认识了从四川进疆的李幺妹。两个人同样是“自流求食”人员，志同道合，从而结为夫妻。有饭吃就没理由不好好干，他们除了在荒原上甩开膀子大干外，在地窝子里也没闲着，于是，1963年黄建疆在地窝子里出生了。

黄建疆算是第二代兵团人，被称为新疆“白侃”。意思是什么都没有，一穷二白，连说话都没人听，说了也白说，属于被献出去的一代。新疆兵团人不是有一个口号嘛，叫作：“我为边疆献青春，献了青春献子孙。”作为被献出去的一代，黄建疆心中充满了怨恨、不服和愤怒。他总是在人多的场合语出惊人，说："凭什么把我们献出去？说献就献了，还要看看我们自己愿不愿意。"黄建疆第一次说这话是在高中毕业的时候。那还是 20 世纪 80 年代，黄建疆正面临高考。学校开高考动员大会，成绩还不错的黄建疆上台表决心，没想到他说出了这番话："如果我们不愿意被父母当小羊羔献出去，成为一个时代的祭品，我们一定要考上大学，回口里（内地）寻找属于自己的那方水土。"末了，黄建疆不无深情地说："我的那方水土在四川，那是我母亲的故乡，在嘉陵江边，那是一个美丽的地方，那是我心中的远水。"

黄建疆当年所言美丽的地方就是西南农业大学，在重庆。也许因为在新疆长大，看惯了土地、果园和牛羊，黄建疆一心想学农业技术。在兵团农业技术人员最吃香，可跩了。黄建疆为什么就认定了西南农业大学呢，因为母亲李幺妹探亲时带黄建疆回过一趟四川，一个远房亲戚在西南农大当老师。

那是在黄建疆上高中后的一个暑假，李幺妹眼看着自己的斜眼儿子调皮捣蛋，在学校打架斗殴，不好好学习，这样下去不是个事，探亲时把黄建疆带回四川老家，想让他开开眼界。黄建疆和母亲坐了一个星期的火车，火车在河西走廊就爬了两天多，除了戈壁滩没有任何能吸引黄建疆的地方。可是，当火车翻过秦岭进入四川后，黄建疆被山清水秀的四川盆地震惊了，原来世界上不仅仅是大漠和戈壁，还有绿水青山。黄建疆还去了一趟西南农大，游览了校园。黄建疆看到了同龄人不同的人生，这对他触动很大。

当黄建疆再一次回到大漠边缘那个叫“一碗泉”的绿洲后，他几乎变了另外一个人。黄建疆的学习成绩上去了，名列全班前三名，所以，老师才让黄建疆在全校高考动员大会上发言。老师没想到黄建疆会说出那番话。当时，黄建疆的话引起了同学们的共鸣，还赢得了掌声，可见，他说出了“兵二代”的心里话。谁愿意被献出去呢？只是，这番话校长听着就别扭了。校长人家是“兵一代”，他不能容忍被新的一代挑战。黄建疆挑战的可是整整一代兵团人的豪言壮语：“我为边疆献青春，献了青春献子孙。”兵二代相当于回嘴了，说：“你献子孙俺不干，俺的青春俺做主。”

校长在黄建疆发言后，立即上台对黄建疆的言论进行了消毒，甚至上纲上线了。校长批判黄建疆的论调是邪门歪道，十分反动。最后，激动的校长不惜对黄建疆进行了人身攻击，说黄建疆不但眼斜，心术也不正，这样的学生怎么能考上大学呢？那简直是痴心妄想。校长话锋一转，又说，即便考上了大学又怎么样？也不可能成为国家的有用之材。如果都是这种思想，兵团将来就会后继无人。到那时候，谁来屯垦戍边，谁来建设边疆、保卫边疆。最后，校长说："你还叫什么黄建疆，完全没有理解你爹起这个名字的深刻含义，不配叫黄建疆，我看你应该叫黄老斜。"

在同学们的哄笑中，黄老斜这个绰号就叫开了。

老外进地窝子体验了一把
把头碰了

二

黄老斜是我大哥，校长在全校大会上批判他时，我就站在离他不远的地方。我上初中，他上高中。校长在全校大会上这样批判他，作为弟弟我很为他难为情，可是我发现他完全无所谓，斜眼睥睨着台上的校长，用一只脚恶狠狠地踩死了一只蚂蚁。

黄老斜这个混蛋从小就没拿正眼看过我。我这样说可能有些不厚道，因为他眼斜，根本无法正眼看人。他要正眼看人除非斜着身子，不过，他不用正眼看我是发自内心的，所以我从来也不叫他哥哥，甚至也不叫他黄建疆，我就叫他黄老斜。他叫黄建疆，我叫黄建新，我还有两个弟弟。老三叫黄建国，老四叫黄建中。我爹黄世云是个有理想的人，他把我们的名字越起越大，我们四兄弟的名字联系起来就是“建设中国新疆”。

我哥黄老斜有生理缺陷，眼斜。他的生理缺陷又不是先天性的，为此，黄老斜怨天尤人。他有很多怨气，他怨谁呢？开始他怨我们的爹娘，认为我爹娘对他不负责，把他生在那个鸟不下蛋的戈壁滩上，生出来也不管，扔在地窝子里，成了斜眼，害了他一辈子。相比来说我就幸运得多，我比他小三岁，虽然只有短短的三年，兵团却发展迅速。在我出生的时候兵团人已经能住上真正的房子了。上海支边青年也来了，连队有了幼儿园和小学。我们的幼儿园阿姨和小学老师都是上海青年，这使我们受到了和大上海一样的学龄前教育。更重要的是我们再也不会孤独地躺在地窝子里望天窗了，所以我的眼不斜。为此，黄老斜在小的时候反而把我当成异类，觉得我的眼不斜就不配做他弟弟，所以他变着法儿欺负我，甚至折磨我，这遭到了我坚决的抵抗。我总是不遗余力地回家告状。我的父母好像十分相信我，特别是我娘李幺妹，总是偏听偏信。只要我回家告状，说黄老斜又干坏事了，李幺妹就会揍黄老斜。挨了打的他就用斜眼翻我，我知道在放学的路上，我要小心了，不能让他碰到，否则肯定要挨打。

就这样，我和黄老斜在战斗中度过了少年时代。

对于处在大漠边缘的军垦连队来说，一碗泉应该算是一个好地方了。一碗泉是兵团一师一团38连的所在地。一碗泉处在大漠和绿洲之间，是一个意外。当年，发现一碗泉的是老连长马尕娃。他随大部队准备徒步穿越塔克拉玛干去于阗剿匪。马尕娃当时还是一个大头兵，在前卫排，可他还没进入塔克拉玛干就生病掉队了。部队首长说，这里没有敌人，你们留下就地休整，在合适的时候再追赶部队。部队首长的言外之意是：你们就地求生存得了，今后能不能追赶部队就看你们自己的造化了。

马尕娃和几位伤病员只能留下，这是无奈中的选择，其实就是自生自灭。大部队走了，马尕娃从高烧的昏迷中醒来，当他得知大部队走远了，望着眼前的滚滚大漠和身后的茫茫荒原，吓出了一身冷汗。这种环境比任何敌人都强大，而最大的敌人是无水。除了自己随身所带的干粮和水外，部队只给他们留下了半袋子苞谷，这其实是马料。首长表示部队要穿越塔克拉玛干大沙漠，粮食很紧张，也只能为大家留下这些了，有，总比没有强，留作不时之需吧。可见，马尕娃他们如果找不到水和吃的就必死无疑。他们陷入了绝境。

马尕娃出了身冷汗后病迅速好了，他本想独自去追部队，可是望着无边的大漠和眼巴巴求助自己的伤病战友，马尕娃主动承担起了拯救战友和自己生命的重任。

这是多年之后连长马尕娃到我们学校做报告，给我们讲述的传奇故事。那时马尕娃是38连的连长，我正在上初中，黄老斜上高中。黄老斜在全校高考动员大会上的言论在同学中产生了“恶劣”的影响。其实，仔细想一下，如果一代人连自己的青春都无法做主，还有什么出息？当然，这些想法只能放在心里，黄老斜不应该在高考动员大会上说。

校长认为有必要进行一次革命传统教育，就把马连长请来了，做报告。

马连长的报告我们已经听过很多遍了，他总是从兵团的前身讲起，一直讲到他如何生病掉队，主动承担起拯救伤病员的重任，如何找到一碗泉，如何在一碗泉开荒种地，又如何把五个人的伤病员变成了如今有上百人的兵团连队——38 连。

作为一个中学生，我们对他的报告耳熟能详，对于新疆兵团的前身我们都非常熟悉了。马尕娃的老部队前身就是在南泥湾开荒一举成名的 359 旅。359 旅到达新疆后三个团被分散开来，现在分布在于阗（现和田）、阿克苏、伊犁、库尔勒四个方向，发展壮大成了新疆兵团的四个师。

一碗泉这个地方隶属于兵团第一师第一团 38 连，前身应该是 718 团。马尕娃的老部队属于 719 团，他本来应该随老部队穿越大漠去于阗，可是他掉队了。他们当时有五个伤病战士，他们要在大漠边缘生存，首要任务是找到水，否则就死定了。在一棵枯死的胡杨树下，马尕娃将背包打开，把毛毯挂在树枝上用来遮挡太强的阳光。他们望着眼前的大漠，几个人躺在树下等死。可是，马尕娃不想死，他还年轻，他不相信自己就这样被渴死了，参加过那么多战斗都没有被打死，枪林弹雨都过来了，却渴死在大漠边缘，死得太窝囊。马尕娃只是生病发高烧，烧退后就是一个好胳膊好腿的战士，这比其他四个战士情况好多了。马尕娃决定找水去。就在马尕娃准备出发时，沙尘暴突然来了。马尕娃连忙把挂在树枝上的毯子拉下来裹在头上，只露出眼睛。马尕娃趴在死胡杨树底下，被眼前的一切惊呆了。但见，沙尘暴从大漠方向排山倒海般扑来，正愤怒地追赶着一群野生动物。羚羊、野骆驼、野驴、野马、野猪、狼、兔子、狐狸……拼命奔跑，沙尘暴疯狂追赶。那些动物避过马尕娃所在的死胡杨树，向着西北方向奔去。

沙尘暴过后，大漠又恢复了平静，趴在胡杨树下的马尕娃还心有余悸。几个人抖掉身上的沙子，马尕娃向那群野生动物奔跑的方向张望。马尕娃兴奋地对大家说，我们也许有救了，只要我们找到那群动物，我们就有肉吃了。马尕娃让大家在胡杨树底下等着，他背着枪去打猎。

其实，马尕娃没走多远就发现了一片胡杨林，走近了发现那些胡杨树都是活的，有棵十几搂粗的胡杨树在冬季居然满身金叶，宛若深秋。这是一个绿洲，在绿洲中心是一个小湖，虽然是冬天，湖水居然没有结冰。湖面有一层氤氲的雾气，湖中有游鱼，湖面有水鸟，湖边还有动物喝水。马尕娃激动的心情是无法形容的，这简直是一个世外桃源。当然，马尕娃没有心情欣赏美景，他当场就撂倒了一只羚羊。让马尕娃意外的是他放了一枪，居然没有动物逃跑，它们只是在意外的枪声中打了一个颤，然后继续喝水。那些动物根本不怕枪声，也不怕马尕娃这个新来的动物，把马尕娃的枪声当放屁了。马尕娃这个动物也趴下来喝水，觉得比自己水壶里的水好喝多了。马尕娃随即把水壶里的水倒了，灌满了一壶。马尕娃围绕着小湖走了一圈，发现这个小湖最多有一亩多的水面，形状如碗口，水没有来处，也没有去处。马尕娃判断这是泉水，自言自语地说："就这么一碗水呀？"

后来，这一碗水救了马尕娃等五个伤病员。

老连长马尕娃给我们做报告，往往讲到发现一碗泉后，正好是一节课。下课铃一响，我们就一哄而散去撒尿。在撒尿时黄老斜会在厕所大放厥词，说一碗泉有啥好，那泉水是苦的，我小时候喝过。那水喝了要得大鸡巴病，得了这病没法治，只能靠女人那包药。黄老斜这样一说，高中部的男同学就哄然大笑。然后，他们在那抽烟，我们初中部的只能羡慕地围观，等待上课铃声。

这才是真正的远嫁
母亲们是走路去新疆的

拜了堂我们就进地窝子
一年后小斜眼就出生了

三

当年，359 旅的 719 团经过艰难跋涉，穿越大漠顺利进入于阗古城。有一个电影叫《冰山上的来客》，其历史背景就是这次穿越。马尕娃等五个伤病员在一碗泉和外界失去了联系，过起了与世隔绝的日子。当他们把自己养得身强力壮后才决定返回阿克苏去找部队。在阿克苏，首长连忙把地图拿出来，让马尕娃在地图上指出位置。首长在马尕娃所指位置写下了“一碗泉”三个字。就这样，一碗泉在拓荒的发展蓝图上算是有了地名。鉴于马尕娃愿意留在一碗泉，首长决定以马尕娃等五个伤病员为基础，在一碗泉成立一个新的生产连队，归第一团管辖，任命马尕娃为连长。招兵买马，开荒种地。

一碗泉号称一个连队，其实没有什么人，太偏远，太艰苦，没有人愿意去。团里把犯了错误的人送到那里进行劳动改造，最多时也就二十几人。后来，有一批刑满释放人员被安排到一碗泉就业。到了 1962 年，马尕娃一下招来了上百人的盲流，这其中就有老盲流黄世云，38 连算是成了一个满员的生产连队。

黄建疆是黄世云和李幺妹的第一个孩子，也算是一碗泉出生的第一批孩子。那时住地窝子，孩子没人管，黄建疆就成了斜眼。在地窝子里出生的孩子非常皮实，都是野孩子，有顽强的生命力和抗打击能力，所以，黄建疆在高考动员大会上受到校长的严厉批评，却没有触及灵魂，满不在乎。他在心里暗下决心，你校长说我考不上大学？我要以实际行动回击你。我一定要考上大学，给你校长一个响亮的耳光。黄建疆想起自己拿到录取通知书的情景，连睡觉都笑醒了。

当黄建疆信心满满地走进考场时，他迎面碰到了正在考场巡视的校长。黄建疆的心中就有些惶惶然，慌什么呢？黄建疆也说不明白，谁参加高考心不慌呢？黄建疆在心里安慰自己。

如果你正面望着黄建疆，他不但眼斜，嘴也有些歪。当然，嘴歪主要是因为眼斜造成的，由于长期斜着眼看人，把嘴也扯歪了。一个眼斜嘴歪的人一看就不像好人。关键是当他坐正了看人时，总给人一种斜眼偷看的错觉。在考场上这种错觉就有问题了，那是致命的。黄建疆成绩不错，所以他答卷时速度很快，只用了一个多小时就基本完成了。黄建疆有些得意，这时他抬起头来开始观望，或许说黄建疆只是下意识地张望，可是，负责监考的老师却明显看到黄建疆正斜眼偷看。其实，黄建疆只是一边检查自己的答卷，提笔修改几下，然后抬头自然地张望。黄建疆这个动作的频率在十几分钟内多次发生。这个动作对一般考生来说是交卷的前奏，对黄建疆来说意义完全不同。这些动作也被另外一个监考老师看在眼里，两个监考老师就黄建疆的东张西望交换了意见，认为黄建疆的行为已经构成了作弊。当黄建疆再次抬起头来“斜眼偷看”时，或者说当两个监考老师再次觉得黄建疆又斜眼偷看时，他们同时出现在黄建疆的面前。监考老师不由分说抢过黄建疆的试卷。黄建疆当场就蒙了，还没弄清楚自己到底犯了什么错，另外一个监考老师就说 :“能不能考上大学是学习成绩问题，考试作弊是道德品质问题。”黄建疆这才明白自己是因为作弊被抓了。

黄建疆当然是冤枉的，他的愤怒情绪如沙尘暴一样势不可当。黄建疆一把抓住监考老师的衣襟，大喊 :“还我的考试卷，还我的考试卷。”也许黄建疆以为只要监考老师把考试卷还给他问题就解决了。监考老师当然没有还他试卷，更不允许他挑战考场的严肃气氛。监考老师大声呵斥道 :“滚出去！”黄建疆愤怒地举起了拳头。监考老师声嘶力竭地大喊 :“你想干什么？还想打人。把这个破坏高考的害群之马拖出去。”

正在考场外负责安全执勤的警卫人员闻讯冲进考场，把垂死挣扎的黄建疆架了出去。黄建疆被架出考场，他还心有不甘，靠墙立着，斜眼望着交卷走出考场的同学。这时，校长也来了，校长听了两位监考老师的汇报，走到黄建疆面前，气急败坏地说 :“我就知道你不是什么好东西，考前我就布置了，让监考老师重点关注你。果然不出我所料，你平常所谓的学习成绩都是假的，考试作弊也许就是你的常态。”黄建疆还嘴硬，喊：“我没有作弊。”校长冷笑了一下：“你没有作弊，难道是我作弊了？”说着扬长而去。

从黄建疆身边路过的同学都拿斜眼看他，这才是真正的睥睨。黄建疆这时的绝望是可想而知的，他冤枉，可他不知道向谁喊冤。黄建疆当时并没有意识到是斜眼惹的祸，他认为是校长整他，有意布置监考老师办他，不让他考上大学。他和校长有仇。校长在全校大会上批判他，他无所谓，反正高中毕业大家就各奔东西了；校长给他起了一个绰号，他也无所谓，反正将来考上大学，谁也不会知道。自己是一个有理想和追求的进步青年，一定要考上大学，绝不能成为被献出去的一代。离开这个鸟不下蛋的地方吧，去四川，那是母亲的故乡，那方水土才属于自己。在那美丽的嘉陵江边，有自己心中的远水。可是，高考作弊被抓，这一切都将化为泡影，这一切都是校长的阴谋。黄建疆心中充满了报仇雪恨的念头，并且在心中立刻形成了一个复仇计划。

枯死的胡杨树
向人们伸开了求救的双臂

四

我哥哥黄老斜高考作弊被抓了现行，是我回家告诉父母的。

父母听到这个消息都很震惊，却有两种不同的态度。我爹黄世云只是笑笑，说我们老黄家祖坟上还没冒烟，咋会出大学生呢。考不上就考不上吧，考不上就下连队干活。李幺妹却不相信黄老斜作弊，这让我大吃一惊。从小到大，每当我告状时，李幺妹就会瞪着眼睛盯着黄老斜看，只要黄老斜和李幺妹一交换眼神，那必然挨打。李幺妹从来就不问青红皂白，上去就会给黄老斜一巴掌，因为黄老斜这一望之下，就像给李幺妹翻白眼。

高考作弊这么大的事，我娘李幺妹居然不相信。李幺妹要拉着黄世云去找连长马尕娃，让连长去找校长。李幺妹说："黄建疆的学习成绩那么好，不可能作弊。可能是他那斜眼惹的祸。"

现在看来当年我娘的判断完全正确，真是知子莫若母呀！

李幺妹让我爹黄世云去找马尕娃是有道理的。因为校长是马尕娃的老战友，属于那五个伤病员之一，叫李生曼。我们偷偷给他起了个外号叫"声声慢"。他是我们的语文老师，喜欢率领我们读宋词，特别喜欢读李清照。李生曼号称和李清照是老乡，山东章丘人。李清照的那首《声声慢》，不知他领着我们读了多少遍："乍暖还寒时候，最难将息。三杯两盏淡酒，怎敌他、晚来风急……"李生曼带领我们晨读，我也不看书，嘴唇动着，眼睛却望着窗外。窗外有早晨的风卷起沙尘，随着我们的朗读声在墙角处回旋。

李生曼有初中文化，这在早期的兵团就算知识分子了。他开始是我们小学的老师，随着兵团第二代的不断长大，他从小学老师变成了初中老师。在我们要上高中时，他没能力教我们了，就当了校长。

我们高中的老师是一群劳改犯，或者叫刑满释放人员。这群人现在看来都是那个时代的精英，只可惜从云端中被打下凡尘，跌在戈壁滩上。我们的英文老师是原“中美合作所”的英文翻译，他可以挑出中国国际广播电台英语播音员的发音错误。我们的数学老师，毕业于黄埔军校炮科，一个数学天才，我们全班同学的算盘加在一起，也算不过他的心算速度。我们的语文老师是辅仁大学的教授，据说他是一个汉奸，他经常给我们讲课本之外的文学作品。在他那里我第一次听说了张爱玲。我们的化学老师是南开大学教授，是国内知名的化学家，老右派，他姓高，我们给他起了个绰号叫“高锰酸钾”。他上化学的第一节课是用土办法做试验，让我们看到高锰酸钾是如何生成氧气的。就连我们学校食堂做饭的大师傅都是黄埔六期的，我们十分喜欢他蒸的馒头，他蒸的馒头据说当年连杜聿明都赞不绝口。现在看来，我们那所团中学内可谓是藏龙卧虎、人才济济。为此，我们团中学的高考成绩全兵团闻名。这一切都是拜“声声慢”校长领导有方，他敢于用人，把那些刑满释放人员都收拢到了一所大漠边缘的中学内，这对于我们来说太奢侈了，在中学里接受的是大学的教育。

李生曼敢于起用刑满释放人员，一些人不好上纲上线，因为他是老八路，还有马尕娃做靠山。马尕娃是红小鬼，还号称和王震通过信，不但参加过万里长征，还参加过比万里长征还要长的二次长征——“南下北返”。他脾气不太好，什么人都敢骂。每当连队放露天电影时，他都要先说两句，第一句必然是：“妈里个屄，一切反对派都是纸老虎……”然后才说正事。

当年马尕娃发现了一碗泉，他救了自己，也救了战友。五个伤病员在一碗泉扎下了根，他们在一碗泉边上挖地窝子，围歼了不少羚羊、野猪、野兔子……最神奇和意外的是部队首长给他们留下的半袋子苞谷，他们一籽都没舍得吃。他们在一碗泉边上开垦了一片荒地，把苞谷籽撒上，用一碗泉的水浇灌，当年就获得了丰收。那些大漠中的野生动物好像都知道一碗泉这个地方，来来往往地去喝水。为了不惊动野生动物来一碗泉喝水，成为他们取之不尽的肉食，马尕娃他们的地窝子和一碗泉保持了一段距离,这后来成了38连的驻地。

我小的时候,马尕娃经常会率领38连人在一碗泉边围猎,这简直就是38连的节日。我记得马尕娃曾经在一碗泉边拾到了一头刚出生的小野驴。马尕娃把那头孱弱的小野驴抱回家，喂人奶。当时，38连有不少哺乳期的女人，马尕娃开始抱着小野驴四处讨奶，后来就牵着四处要奶。我娘李幺妹刚生下我弟弟黄建国，就挤了不少奶喂小野驴。小野驴断奶后,马尕娃给它喂嫩苜蓿。那野驴养大了，十分强壮，形影不离地跟随着马尕娃，把马尕娃当娘了。野驴后来成了马尕娃的坐骑，一身金色的毛，由于是一头草驴，马尕娃给它起了一个十分可爱的名字，叫金花。据“声声慢”校长说，那是马尕娃河南老家童养媳的名字。后来，马尕娃看了电影《五朵金花》，坚称电影里的金花和自己未过门的媳妇长得一模一样。当然,谁也没见过马尕娃的童养媳,也没见他回老家结婚,他单身一人在一碗泉生活，只有野驴金花伴随着他。

野驴金花一身金毛，马尕娃在它的头上还戴了朵小红花。开始，马尕娃骑着它，后来在巴扎（集市）用羚羊皮换了辆驴车让金花拉着。马尕娃曾经赶着驴车进入大漠，在大漠中四处乱走，从来没有迷路，往往是马尕娃一觉醒来，野驴金花就把他拉回了连队。

马尕娃和他的野驴金花在一碗泉是一景，他到我们团中学做报告时就骑着。马尕娃来我们学校做报告时，通常野驴金花会停在我们学校门前，从来不拴。马尕娃去给我们做报告，野驴金花就在学校门前溜达，也不逃跑，在原地打转，就像拴了一根无形的绳子。你别以为野驴金花很乖，它不会让任何人靠近，你如果胆敢走近它，它会又踢又咬，还叫唤。野驴金花闹的动静会很大，这会惊动马尕娃，他出来必然骂人："一切反动派都是纸老虎……"

黄老斜是唯一摸过野驴金花的，这让我们很奇怪。有一次野驴金花停在我们学校门口，黄老斜对外号叫小毛驴的同学说："别看你叫小毛驴，可你那野生的驴妹妹不认你这门亲戚。"黄老斜的话引得大家哈哈大笑。小毛驴不服气，说它是野驴，马尕娃养大的，除了马尕娃谁也不让碰。黄老斜就说："我能碰，不信我们打赌。"两个人说好赌一顶军帽。

打赌那天，我们好多学生都在不远处看，连马尕娃听说了都没有阻止。但见黄老斜向野驴金花静静地走去，他接近野驴金花的方式很奇怪，是斜着身子的，好像根本没看野驴金花，其实是在盯着野驴金花看。这正是黄老斜斜眼的妙用，黄老斜斜着身子却是正眼看驴，这是对野驴金花的一种尊重，也是双方的某种真诚的交流。野驴金花望着黄老斜走近居然没有动，它也在睨视着黄老斜。这时，黄老斜移到了野驴金花的耳边，眼睛却正对着野驴金花的眼睛，双方凝视着，然后黄老斜在野驴金花的脊背上顺手捋了一下。黄老斜捋了一下野驴金花的金毛，没想到野驴金花龇牙咧嘴地一笑。野驴金花的这一笑把大家都逗乐了，恐怕只有小毛驴笑不出来，因为他要想办法给黄老斜弄一顶军帽了。

事后，小毛驴当然不服，他上去也想摸一下野驴金花，没想到野驴金花突然发作，尥起蹶子了，还斗志昂扬地乱叫。黄老斜得意地对小毛驴说，我说过你的野驴妹妹不认亲，你就别自讨没趣了。小毛驴反唇相讥，说黄老斜能摸野驴是因为他们是吃一个娘的奶长大的，是亲兄妹。小毛驴这样说大家都笑了，我上去踢了小毛驴一脚。没想到小毛驴骂人这么深刻，他这样说的意思是驴和我哥都是吃我娘的奶长大的，这把我也捎上了。

这时，马尕娃过来说，黄世云的儿子小斜眼是一个难得的人才，能和牲口交流，还知道捋顺毛驴，将来肯定是一个好饲养员。马尕娃说黄老斜将来是个好饲养员，这让黄老斜很不忿。黄老斜同学是有远大理想的，他要考上大学，要回口里。只是，黄老斜因为考试作弊被驱逐出考场，考大学成了一场白日梦，真是心比天高，命比纸薄呀。

那个斜着眼看未来的孩子
就是未来的黄老斜

从地窝子钻出来，在没有秃鹰和野狼的
时候还是可以晒晒太阳的

五

当黄建疆因为高考作弊被校长赶出考场时，李幺妹当然第一个就想起了马尕娃。因为一碗泉后来发展壮大成了一个满员的生产连队，黄世云和李幺妹都拉了不少自己的老乡，算是有功之臣。黄建疆高考出了事，马尕娃应该给黄世云这个面子。如果马尕娃给了黄世云这个面子，马尕娃去找校长，校长又给了马尕娃面子，理解了黄建疆的特殊情况，说不定作弊这事就不追究了，没收的考试卷还可以有效，让黄建疆继续考下一科。这是李幺妹的想法。

可是，黄建疆作弊被赶出考场，他没意识到是自己的斜眼惹了祸。他认为校长有意整他，他和校长有仇。有仇不报非君子，有仇不报就不是兵团的儿子娃娃。当天晚上，就在黄世云和李幺妹去求马尕娃之时，黄建疆已经准备停当，戴着口罩，手持红柳棍悄悄来到了校长家门口。

不久，黄建疆发现马尕娃骑着野驴金花来了，马尕娃在校长家门前下了驴，让野驴金花在门前玩着，自己进了校长家。黄建疆不知道马尕娃为什么来找校长，他更没想到马尕娃是来为自己说情的。黄建疆手持红柳棍蹑手蹑脚地来到了校长家门前，他已被仇恨冲昏了头。野驴金花见了黄建疆还龇牙一笑。黄建疆没有心情给野驴金花一个笑脸，在门口听屋里的动静。

屋里，马尕娃正和校长说话。马尕娃说："黄世云的儿子考试作弊恐怕是冤枉的，他是一个斜眼你又不是不知道。"校长的回答让门外偷听的黄建疆怒火万丈。校长说："我也知道他是冤枉的，可我就是要抓他，他的道德品质有问题，这样的人万一考上了大学，到时候是要给咱兵团人脸上抹黑的。"马尕娃说："你怎么能这样说，黄建疆还是一个孩子，你这样做，他的前程就毁了。"校长振振有词地回答："我的老连长，在兵团就没有前途了？屯垦戍边就没有前途了？”马尕娃听校长这样说，上纲上线，一时语塞。黄建疆再也听不下去了，自己的判断没错，校长就是要整他。黄建疆敲了一下门。

校长便问 ：“谁呀？”

黄建疆假着嗓子学女人调 ：“校长，是我呀！二班的陈卫珍。”

于是，校长打开门伸出头来张望。黄建疆手起棍落，一闷棍打在校长的头上。校长什么话都没说，好像很生气的样子，只是哼了一声就闷头栽倒在地上。黄建疆转身便跑，野驴金花见状哈哈大笑。马尕娃见校长栽倒在门前，连忙上前看个究竟，见校长一头的血，人事不省。马尕娃知道校长被人暗算了，冲出门，只见驴笑，不见人影。马尕娃回头去救校长，又是掐人中，又是喷凉水，大喊 ：“李生曼，李生曼，醒醒。”校长被唤醒来，犹在梦中。

校长只觉得头痛，顺手一摸，见了血，“呃”了一声又昏了过去。

马尕娃把校长拖上床，骂："一切反动派都是纸老虎……肯定是小斜眼干的，公报私仇。我去抓他。"

马尕娃出门翻身上驴，那驴也不用马尕娃赶，就屁颠屁颠地直奔黄建疆家而去。黄世云两口子见马尕娃这么快就回来了，还以为事情有了进展，没想到马尕娃说小斜眼打了校长的闷棍。黄世云两口子听马尕娃这样说，简直要昏过去，知道儿子惹了大祸，连忙分头去找，可是，哪里有黄建疆的影子。

一个学生敢打校长的闷棍，这也太无法无天了，性质恶劣。马尕娃发动全连的人去找黄建疆，还向团保卫科报了案。马尕娃带领全连一连找了三天，不见踪影。

黄建疆打了校长闷棍，这事一下就轰动了全团，黄建疆一举成名。团里的老兵议论纷纷。有人说狗日的马尕娃整天在大漠中骑着野驴瞎游荡，连个中学生都管不了；又有人说，我们 718 团的人只对敌人狠，从来不伤自己的同志。在全团连一级干部会上，26 连的连长胡一桂，外号胡日鬼的，公开发表议论，说："38 连原本就是野货，他们原来是 719 团的几个伤病员，根本就不是我们718团的人。现如今38连的第二代也成了野货。”胡日鬼和马尕娃在全团都是出了名的连长，两个人的连队离得最近，时常还能碰面，有些私交。胡日鬼这样胡说就触到了马尕娃的痛处，这就等于说38连是小娘养的。

胡日鬼把黄建疆称之为野货，有点比照的意思，因为大家都知道26连还有一个野种，叫李军垦。26连的林带里曾经发生过强奸案。为了查出强奸犯，胡日鬼坚持让怀孕的受害者把孩子生下来，进行脸谱比对。那孩子都高中毕业了，也没找到他爹是谁，倒是越来越像胡一柱。大家就给胡一柱连长起了个外号叫胡日鬼。

胡日鬼连长的说法让马尕娃愤怒，两个人在团里开完会就干了起来——两个河南二球。马尕娃开口就骂：“一切反动派都是纸老虎……恁128号林带搞出了个野种，你就说俺是野货，我看那野种就是恁胡日鬼胡弄出来的。”

胡日鬼回骂：“俺那野种总不会打人家的闷棒，你那小斜眼才是真正的野货。”

两个连长一个骂野种，一个骂野货。可野货黄建疆和野种李军垦却正在一起。马尕娃在 38 连到处找黄建疆，没想到黄建疆被李军垦带到了 26 连藏了起来，就藏在 26 连的果园里，人家两个是同学。黄建疆藏在葡萄架底下睡觉，饿了就吃葡萄，那刚成熟的无核白葡萄呀，正甜着呢。在这期间李军垦给黄建疆送过一个馒头，后来就没有人影了。

第四天，黄建疆从 26 连的果园里出来了。据黄建疆后来说，主要是太饿了，光吃葡萄是不行的，越吃越饿。李军垦那个野种不知道野到哪去了，说好的要送饭的，三天只送了一个馒头。黄建疆若无其事地回到了 38 连，也许黄建疆认为三天后大家把事情都忘了，不承想保卫科的警卫比他更有耐心，埋伏着呢。黄建疆未进家门就被按倒在地。

黄建疆被押送到了团保卫科，马尕娃和保卫科长余明德一起提审了他。开始，黄建疆还试图抵赖，问："谁看到我打'声声慢'校长了？"马尕娃斩钉截铁地回答："驴看到了。"保卫科长余明德望望马尕娃，觉得马连长这样审有些问题，要人证，而不是驴证。

不过，马尕娃有自己的证明方式，迅速让黄建疆就范了。马尕娃说："你还不承认，我一听驴笑就知道它遇到了熟人，在一碗泉除了我，只有你个小斜眼和金花熟，不被驴踢。"

黄建疆说："我戴着口罩，那驴也能认出来？"

马尕娃说："你剥了皮，金花也认识你。金花不用看，能闻到你身上的野驴味。"

黄建疆回嘴："你天天骑着它，你身上才有野驴味呢！"

马尕娃一下就笑了，说："看来我们两个臭味相投，身上都有野驴味。"黄建疆这样和马尕娃说话，就等于承认打了校长闷棍，这让保卫科长余明德暗笑。当他听到马尕娃说好汉做事好汉当，兵团的儿子娃娃，从来不赖账时，这案子也就铁定了。黄建疆还骂："我被驴出卖了。"

黄建疆根本就没想抵赖，他只是嘴硬，说："我赖了嘛，我从来没有赖账。校长整我，我不报仇还是兵团的儿子娃娃吗？"

最后，团保卫科根据《中华人民共和国治安管理处罚条例》，拘留黄建疆 15 天，罚款 30 元。

拘留黄建疆，黄世云两口子没有任何意见，按黄世云的话说，就是要好好关关那个二球，可是，罚款这事就有问题了。黄建疆又没有参加工作，没有收入，哪来的钱，钱要家里出，这让李幺妹心痛了。当时，黄世云的工资是31元零8分，女同志李幺妹每月才28块钱。罚款30元就是黄世云一个月的工资。黄世云家有四个儿子，正是长身体的时候，饭量很大。连队后勤上发的粮食都有定量，不够吃。大米都被李幺妹拿去换苞谷面了。不是李幺妹喜欢吃苞谷面，因为一公斤大米换两公斤苞谷面，只有这样才能填饱一家人的肚子。黄建疆要罚款30元，这要了李幺妹的命。李幺妹逼着黄世云去找马尕娃说理。

黄世云问马尕娃："黄建疆打人，凭啥扣我的工资？"

马尕娃回答："你连这点都不懂，'子不教父之过'这可是老祖宗说的。"

黄世云不服，说现在是新社会，不应该株连九族。黄建疆上个月就满18岁了，他的事情他应该自己承担，这是法律，我懂。黄世云话锋一转说："我们百十人被你拉到一碗泉这个最偏远的地方，房无一间地无一垄，一碗泉的水冬天苦夏天甜，很多人吃不下这苦，要跑，要不是我拦住，早跑光了……”

马尕娃瞪了黄世云一眼，骂：“一切反动派都是纸老虎……跑，跑的都是逃兵。”

黄世云说：“兵团又不是军队，跑了那么多也没见你把人家抓回来。”黄世云说这话，让马尕娃很是恼火。黄世云见马尕娃真火了，连忙说，“可是，俺和李幺妹不跑，俺都商量好了，就是一碗泉的人跑光了，俺也不跑，俺誓死跟着马连长扎根边疆，献了青春献子孙。”

马尕娃听黄世云这样说，脸上又活泛了，他望望黄世云，问：“恁到底要说啥，俺被你糊弄迷了。”黄世云说：“俺可没糊弄你，俺哪敢糊弄连长呀，俺就是想不通，黄建疆打人又不是俺打人，为啥扣俺的工资。黄建疆已经18岁了，他犯法和俺无关，俺管不了他。俺有四个儿子，俺准备都献出来，可是献出来之前总要先养大吧。他们都是大肚皮，你扣了俺的工资，俺咋把他们养大，养不大，咋献出来屯垦戍边……”

马尕娃被黄世云的这弯弯绕逻辑弄迷糊了，最后叹了口气，说你家的小斜眼大学是考不上了，从禁闭室出来就参加工作吧。团里每年都会分配应届毕业的高中生，我直接把他要到咱38连，我看他是一个人才，这样的兵就看谁带了。

黄世云问："那罚款呢？"

马尕娃回答："罚款就不从你工资里扣了，让他工作后，从他工资里慢慢扣。"黄世云一听连长这样说，一拍大腿，"咦，这样的好连长百年不遇呀。"

黄建疆在拘留期间并不是关在黑屋里，恰恰相反，要起早贪黑地干活，那基本上属于卖苦力的状态。保卫科让黄建疆打土块，有工作量。土块相当于没有烧制的砖，新疆的土质硬，晾干后可以直接盖房子用，这在当年的兵团是急需的建筑材料。人工打土块不但要力气，还要技术，黄建疆高中刚毕业，根本不会打土块。黄建疆完不成工作量，警卫就提醒黄建疆，你完不成工作量就别想出去，只要你能完成任务，我们不反对你找人帮忙。

于是，黄建疆向全团广撒英雄帖，紧急求助他的斜眼兄弟。

黄建疆打了校长的闷棍，影响极大。在斜眼兄弟们看来，黄建疆太牛逼了，有种。校长该打，谁让校长冤枉咱斜眼兄弟的。黄建疆带信出去，这事一传十，十传百，很多不认识黄建疆的斜眼也慕名而来了。保卫科一下来了十几个斜眼，都是来探望黄建疆的。最让人意外的是还来了一位金发碧眼的“二转子”混血斜眼。他叫艾力江，父亲是起义的民族军，母亲是汉族人。正常来说混血儿应该是一个帅哥，可艾力江偏偏也是地窝子的受害者。艾力江认识大名鼎鼎的黄老斜，黄建疆却不认识艾力江。艾力江和黄建疆其实在一个学校读书，只不过黄建疆是高中毕业没考上大学，艾力江是初中毕业没考上高中，都面临工作。艾力江的父母都是兵团人，大家一起开荒，一样住地窝子，他成了斜眼也不足为奇。

斜眼们有一个共同的经历，都是地窝子里出生的，都有婴儿时代让自己悔恨的凝望。只不过这些斜眼兄弟，有的是左眼，有的是右眼，这要看地窝子天窗所开方向。开在床头的右边就向右斜，开在左边就向左斜。这些来看黄建疆的斜眼兄弟，有的已经在连队参加工作了。打土块对于已经工作的斜眼来说，是非常熟悉的活路了。

警卫们饶有兴致地看热闹，连保卫科长余明德都来看热闹了。这些斜眼兄弟，用了两天的时间，就完成了黄建疆十天的工作量。让人啼笑皆非的是，斜眼兄弟打出来的土块，都是斜着排成行的，大家看着那一排排斜着摆的土块哈哈大笑，甚为奇观。当然，最让人津津乐道的是斜眼美女李红柳。她的到来让斜眼们的集体亮相达到了高潮。

要想戍边
首先屯垦

不但屯垦还要戍边
研究枪法是必需的

六

我哥哥黄老斜被团保卫科拘留，保卫科的人居然没有没收黄老斜的凶器。他的红柳棍正躺在他床上睡大觉呢。说实话我也喜欢他那根红柳棍，坚硬无比，沉重似铁。那是黄老斜带我到大漠中打柴时，挖了一棵千年的红柳根所得。那红柳根藏在一个大沙包中，在沙包的顶端只露出短短的一截绿，开着明艳的紫色花。黄老斜便用坎土曼奋力地挖，挖开了，那红柳根在沙包中盘根错节，犬牙交错。我们整整挖了20多车红柳根。那些红柳棍是上好的柴火，火硬，燃烧后无烟，持续时间久，还有一种淡淡的红柳香。这是烤“羊白哩”（羊肉串）最好的炭火。当黄老斜挖出了一根两米多长笔直的红柳根后，其兴奋状态就像孙猴子得到了金箍棒。后来，他拿着那根赤色的红柳棍，整天用一片玻璃打磨。我爹黄世云认为是一根上好的锄头把子，想要，被黄老斜拒绝了。那红柳棍成了黄老斜的宝贝。

我和黄老斜睡一个屋，我一直不明白黄老斜为什么喜欢搂着红柳棍睡觉，为什么对一根红柳棍那么亲。如今，红柳棍被黄老斜用上了，他手持红柳棍打了校长的闷棍。后来，我知道事情没有那么简单，原来，此红柳和彼红柳又有联系，他暗恋上了一个叫红柳的女同学。那女同学姓李，母亲是山东大辫子。李红柳身材高挑，奶尖腿长，走起路来款款有型，让男生眼热心焦。无论怎么看李红柳都是标准的美女坯子，可惜她是黄老斜的同龄人。我这样说你也许就明白了，她婴儿时代和黄老斜有同样的遭遇，那该死的地窝子让李红柳也成了斜眼。

黄老斜肯定是喜欢上了斜眼美女李红柳，否则不可能抱着红柳棍睡觉。我的判断不久就得到了印证。在黄老斜被团保卫科治安拘留处罚时，李红柳居然也响应黄老斜的号召去探监，这让人们十分惊艳。

当时，奉我娘李幺妹之命，我去团保卫科探望黄老斜。我的书包里装了两个烙油馍，外加两个鸡蛋。那鸡蛋虽然是我家母鸡没孵出仔鸡的臭蛋，可对我来说也算是好东西了，平常是吃不上的。这算是我娘李幺妹带给黄老斜的礼物。我去看黄老斜并不是对他有多深的感情，主要是奉我娘的指令。更重要的是我还有看热闹的心态，想看看黄老斜有多惨。在没见到黄老斜前，我眼前浮现的都是黄老斜被绑在老虎凳上灌辣椒水的画面。也许是小说《红岩》看多了，我想象着黄老斜在牢房里满身是血，戴着脚镣和手铐，连指甲都被竹签挑了。我的想象够狠。

没想到当我去探监时，黄老斜并没有关在牢房里，也没有挨打，他正在一片空地上撒野。当时，黄老斜和他的斜眼兄弟正在打土块，热火朝天的。我冲着黄老斜喊："老娘让我来看你，给你带俩臭鸡蛋。"

他的斜眼兄弟都哈哈大笑。他说那臭鸡蛋还是你留着吃吧，哥这里有的是鸡蛋。他们喊着就亮出来了一兜送来的煮鸡蛋。望着那些煮鸡蛋，我的心情极不平静，这些我平常根本吃不上的好东西，没想到黄老斜这个坏人，在禁闭室里却能吃上，真是没有天理。

更没天理的是，那个叫李红柳的女同学也来看黄老斜了。本来大家正嘲笑我的臭鸡蛋，突然就噤了声，停下手中的活计向远处张望。我回过头来，见一个女生亭亭玉立地来了，这让一些斜眼兄弟吹响了口哨。我认出了那是高中部的李红柳，那个骚货不慌不忙地走来，喇叭裤，花格子衫，尖头皮鞋……那是20世纪80年代最时髦的打扮。

李红柳向黄老斜款款走来，却被警卫拦住了。警卫问李红柳是干什么的？李红柳说是来看黄建疆的。警卫问李红柳是黄建疆什么人？李红柳说是黄建疆的女朋友。对于一个刚毕业的高中生来说，这种回答也忒大胆了，引得斜眼兄弟们高声欢呼。警卫让李红柳登记了一下就放行了。李红柳来到黄老斜面前，没出息的黄老斜吓得一直不敢直视李红柳。大家都喊，抱一下，抱一下。李红柳大大方方地张开了双臂，黄老斜居然吓得抬不起胳膊。好在警卫制止了大家的起哄，喊："抱什么抱，黄建疆在关禁闭呢！"随口还骂了一句："这个社会就是邪门歪道，越斜越有艳福。"

十五天后，黄老斜拘留期满。他前脚进家，马尕娃后脚就来了。

马尕娃的到来让黄老斜逃过一劫。本来，我娘李幺妹是准备好好收拾一下黄老斜的。我娘李幺妹准备了赶牛车的鞭子和纳鞋底的尖锥。前一种刑具准备在黄老斜进家后迎头痛击。如果黄老斜跑了，李幺妹也不会追。你总要回家睡觉吧，在你睡着时，会觉得屁股一凉，被子掀开，尖锥会直接扎在屁股上。我娘李幺妹个子不高，却极为灵活，在床上短兵相接，我们兄弟四个都不是她的对手。一个小个子娘要对付四个调皮捣蛋的大个子儿子，她老人家是什么阴招都用上了。顺便说一句，我们兄弟四个后来身高都在一米八以上。

没想到，连长随着黄老斜来了，李幺妹也就不好意思动刑了，这让我很失望。随同来的还有上海青年王福根，他是38连的挖渠能手，刚刚立了三等功。马尕娃带王福根来看黄老斜，很显然是让王福根起到模范带头作用。

马尕娃语重心长地教育黄老斜，你高中也毕业了，考不上大学也没啥，全中国考上大学的毕竟是少数，难道考不上大学的就不活了？即便是考上大学，根据国家政策，毕业分配你也要回新疆。其实，在大城市没有任何意义，你看王福根同志，家在大上海，人家照样来到咱新疆，立了三等功，当了班长，前途无量呀。我看咱爷俩有缘，你马上就要分配工作了，我到团里把你要到38连来，你好好干，我重点培养你，咱一起屯垦戍边。

我在一边听着，心里暗笑。马尕娃的言外之意是说，孩子呀，跟我混吧，你就是一个在新疆修理地球的货，考大学没戏，就是考上大学也要分配回新疆，还不如不上大学。

黄老斜望望马尕娃，没表态。

我娘李幺妹有些急躁，操起了赶牛鞭，要鞭打快牛，被马尕娃呵斥住了。马尕娃说："李幺妹同志，你干啥，我正在和黄建疆同志谈工作。"李幺妹不好意思地笑了，放下了鞭子。黄老斜说："马连长，我们谈工作，你让封建家长李幺妹同志回避。"李幺妹瞪起了眼睛，说黄建疆你龟儿子皮发痒。马尕娃向李幺妹挥挥手说：“你先出去，别捣乱。”

黄老斜号称谈工作，让闲杂人等都出去，这话是针对我的。不过，我说要做作业拒绝出去，马尕娃只笑笑，没赶我走，黄老斜只有作罢。

黄老斜和马尕娃的谈话显然是不想让我听到。他越不想让我听，我越要听。事后我要向李幺妹汇报，说不定有好吃的赏我。

黄老斜先是提出38连太苦，那一碗泉的水在冬天是苦的，喝了要得大鸡巴病，撒不出尿来。马尕娃大声争辩，说这是胡说，是造谣，你见我们38连人谁得这病了。黄老斜说结了婚的不得病，没结婚的喝那水要得病。马尕娃就现身说法，说我也没有结婚呀，我没得病呀。黄老斜望望马尕娃表示怀疑，我从他眼里能读懂一句话：“你得不得大鸡巴病只有自己知道。”

马尕娃又说：“我们现在已经不喝一碗泉的水了。”马尕娃很自豪地说，“我们已经挖通了胜利渠，胜利渠水哗啦啦，天山雪水甜掉牙。”

关于大鸡巴病这个传说，在一碗泉绝不是空穴来风。后来，我搞清楚了，那是一碗泉的水含矿物质太丰富，日常饮用会造成尿道结石，男士下体红肿，小便困难，当地人俗称大鸡巴病。一碗泉的水为什么冬苦夏甜，上级派水利专家进行了考察，得到的结论是：一碗泉可能通着地下暗河，冬天枯水期，地下暗河的水含碱量大，所以是咸的；夏天盛水期，地下暗河的水含碱量小，所以是淡水。

不过，在我出生后我们就没有把一碗泉的水当饮用水了。开始，我们的饮用水都是水罐车从好几千米外的胜利渠拉来的。拉水喝不是长久之计，马尕娃带领全连在农闲时挖一条明渠和胜利渠贯通了。夏季丰水期可以浇地，冬季可以把水放进“涝坝”（水池）储存起来。冬天的水结成了厚冰，能有效保护水质，一直可以吃到第二年开春胜利渠再次开闸放水的时候。

胜利渠在我们那里是一条著名的渠，1951 年开工，1954 年通水，前后用了近 4 年时间，兵团人用坎土曼、铁锹，人工在戈壁滩上挖出了一条全长 60 多千米的大渠。胜利渠对拓荒者兵团人来说意义重大，放水时当年的水利部部长傅作义亲自出席。胜利渠把塔里木河上游的阿克苏河水直接引入荒原，当年可灌溉几十万亩农田。胜利渠通水后，还需要一百多千米的干渠、几百千米的支渠、上千千米的斗渠才能把水引进开垦的荒地。各种配套的渠完成后，发现大漠荒田，水浇翻碱，地里根本种不出粮食。为了排碱，又挖了上千千米的排碱渠配套。这些渠都是人工作业，用铁锹和坎土曼年复一年地挖。挖渠成了兵团人的日常生活，从 20 世纪 50 年代一直挖到 20 世纪 90 年代才被大型机械取代。在这期间出现很多挖渠能手和标兵，上海青年王福根就是其中一个。

从 38 连接 26 连的明渠虽然早就挖通了，解决了人畜饮水和灌溉，可是，这条明渠由于含沙量大，每年都要清淤。这是 38 连一年一度的力气活。黄老斜上班的第一天就遇到了清淤。马尕娃为了给全连人鼓劲，把连队的锣鼓班子也拉出来了，敲锣打鼓的，说是欢迎新的兵团战士。

马尕娃欢迎的当然是黄老斜的斜眼班，这是黄老斜和马尕娃在我家谈判的结果。黄老斜当时向连长马尕娃提出条件，要我留在 38 连可以，把今年毕业的所有斜眼兄弟都弄来。马尕娃先是一愣，然后哈哈大笑，问："全团有多少斜眼？"黄老斜说："男女都有，我们这一届有二十多个，这都是你们献出去的子孙。"

马尕娃叹了口气说："这都是当年住地窝子造成的。"马尕娃表情坚定地道："你们是兵二代，眼斜我也不嫌弃。"黄老斜说："你们还嫌弃我们，我们怨谁去？"马尕娃说："要怨就怨我们国家穷，所以我们要大干快上，改变一穷二白的面貌。"并满口答应，成立一个加强班，让黄老斜当副班长。当时，黄老斜肯定觉得副班长官太小，脸上未见笑容。马尕娃见状连忙补充道，班长先让王福根干，先让王福根带带你们，将来让你当接班人。

马尕娃所说的加强班就是后来全团著名的斜眼班。

当我听到黄老斜向马尕娃提出的条件后，心中一阵冷笑。黄老斜要把全团所有的斜眼弄到 38 连来其实只有一个目的：那就是把斜眼美女李红柳弄到身边，其他的斜眼男都是为了掩护。我看清了黄老斜不可告人的目的，并没有当面揭穿，只是报告了我娘李幺妹。没想到我娘李幺妹不但没奖励我，还给了我一巴掌，说我人小鬼大，毛都没长一根，知道啥子叫谈恋爱。我看出来了，李幺妹对李红柳十分满意，听到我这个消息后，脸都笑烂了，这从李幺妹和黄世云的悄悄话中可窥一斑。李幺妹说：“李红柳是个大屁股，能生儿子。”黄世云道：“唯一不足的就是一个斜眼。”李幺妹说：“不是斜眼她能看上黄建疆？咱儿子是什么货色你还不知道？”黄世云说：“也好，将来他们生的孩子我敢保证不是斜眼。”李幺妹说：“那是肯定的，他们的斜眼又不是先天性的，都是那该死的地窝子害的。”

牲口偷懒跑进了旷野
只能人工拉犁

七

黄建疆的斜眼班上工的第一天就是挖渠清淤。马尕娃暗中照顾新成立的斜眼班，给他们分了一段好活：淤泥程度比较浅，工程量比较小。马尕娃还让黄建疆向全连的其他班下战书，比一比，赢了吃“光荣饭”。

马尕娃这样说让黄建疆的斜眼们馋得流出了口水。每年清淤的时候，马尕娃都会命令杀猪、宰羊，让炊事班给大家改善生活。38 连在全团不是人员最多的，但机构肯定是最多的，有养猪班、放羊班、养鸡班、菜地班、瓜地班、果园班……另外，牛拉木轮车叫大车班，马拉橡胶轮车叫胶车班，这些都是加强班的编制。没想到马尕娃又成立了一个斜眼班，后来，斜眼班让马尕娃十分头痛，总是给他惹祸，这是后话。

虽然马尕娃在一个连队里养了那么多好东西，但不逢年过节还是很难吃上肉的。平常要解馋得靠自己想办法，有家的可以养鸡养兔子；住集体宿舍吃食堂的单干户就太寡淡了，基本上是清水煮菜，不要说肉了，连油星都看不到。清淤时马尕娃会命令杀猪，但人多肉少，炊事班只能给大家分一勺猪肉炒西葫芦。有多少肉这要看炊事班班长的手腕，这时的炊事班班长最神气，他站在肉盆边，每个人都要向他献媚。他高兴了，你碗里就多两片肉，他手腕一抖你要少两片肉。无论多两片还是少两片，都实在不解馋。

那光荣饭就不一样了，光荣饭有三盆一花，一盆红烧肉，一盆大米饭，一盆煮鸡蛋，还有一朵大红花。光荣饭每年挖渠清淤时都要有，为了吃上那光荣饭，大人孩子齐上阵，不分白天黑夜，不知累垮了多少英雄汉。上海青年王福根曾经吃过，他把其他连队的上海青年请来帮忙，争得光荣饭大家一起聚餐。对于这种方式有人提出意见，马尕娃的回答是，我只看完成的工作量，有本事你也请人来帮忙。马尕娃的这一手很厉害，直接调动了其他连队的人来帮38连干活。每当清淤的时候，38连也是最热闹的时候，每个人都有老乡，都请老乡来帮忙，工地上南腔北调的，全国各省的老乡都有。光荣饭的量没有咋增加，工作进度却提高了几倍。马尕娃没事偷着乐。

斜眼班上工那天，马尕娃指示黄建疆写一个横幅，这让黄建疆很意外。原来写横幅的活都是文书的，马尕娃让黄建疆写，这说明马尕娃对黄建疆还是高看一眼的。马尕娃说你是兵团二代新的高中毕业生，什么“战天斗地夺丰收，我为祖国守边疆”之类的太一般化，你写一个新的，挂在你们的工地上，激励一下大家。马尕娃布置完任务后就到团里开会去了。黄建疆真的就在自己的工地上挂起了横幅，横幅的内容比较邪：“挖渠清淤咱拼命，坚决拒绝鸡巴病。”

黄建疆的横幅吸引了全连人，大家一边看一边笑，特别是上海青年班，来了都嘲笑王福根，说王福根在上海青年班干得好好的，怎么就到斜眼班当班长了。上海青年马富海说：“啊呀，开眼了，这鸡巴横幅在阿拉上海都没见过。”

38连人络绎不绝地来参观斜眼班的横幅。大家看了还不过瘾，还要讨论，笑闹一阵，这不但没有激励大家的干劲，还直接影响了清淤的工程进度。文书让黄建疆把横幅收了，以免影响工作。黄建疆说是连长让写的。文书说我不信连长让你写这鸡巴横幅。黄建疆说不信你去问连长。马尕娃在团里开会还没回来，文书就把电话打去了。文书问连长是不是让黄建疆写了横幅？马尕娃回答："是呀，青年人说不定有新词，让他试试。"文书问："你知道他写的什么鸡巴新词吗？"马尕娃说："你是文书，属于咱兵团的知识分子，说话怎么也学会带巴子了？"文书说："这不是我带巴子，是黄建疆的横幅带巴子。"马尕娃对文书说，你念念，你念念。文书就在电话中念："挖渠清淤咱拼命，坚决拒绝鸡巴病。"马尕娃骂："这是什么鸟横幅，撕了。"文书说："连长你也带巴子了。"马尕娃又骂："你少给我咬文嚼字，一切反对派都是纸老虎……这个斜眼，真是个黄老斜。"

黄建疆的鸡巴横幅再一次轰动全团，马尕娃为此在团里还受到了批评。事后，马尕娃并没找黄建疆算账，他进行了自我批评，认为是自己不对，这些年轻学生，需要锻炼，上来就把这么重要的工作交给他，犯了冒险主义的错误。于是，马尕娃找王福根谈话，让王福根好好做黄建疆的工作，多谈心交流，多在一起相处。是吧，你是从大上海来的，放着大城市的舒适生活不过，来到新疆屯垦戍边，这是多么伟大崇高的理想。你也算兵团老战士了，要多带带新战士。王福根说："现在是春耕、春播的大忙时期，我可没有时间和他'白相'（玩）。"马尕娃说："你放心，我会安排的，既不影响正常工作，又能让你们在一起白相。"

马尕娃给他们安排在一起的工作是放水。放水是兵团人最常见的活。胜利渠的水通过干渠、支渠、斗渠引入大田、条田、方块田。每个方块田有几亩，每块条田有几十亩，每块大田有几百亩。每块大田放水需要几个昼夜。放水开始后，要24小时值班，人不能离开。那些水自由流淌惯了，一不留神就会乱跑。在这个过程中人必须严防死守，防止跑水。这些天山冰峰融化的雪水从上百千米外通过人工渠引来，那都是宝贝，它关乎兵团人一年的收成，只能流进兵团人新开垦的处女地，绝不能让水流进戈壁滩。

放水这活在兵团人的工作中比较特殊，耗时却不吃力，紧张却也轻松。这要看有没有放水经验。那些新开垦的土地，已经干涸了数百万年，土已成沙，水一来那些田埂会拼命吸吮。田埂被水浸透了，就像一个醉汉样完全坍陷。水这时会四处乱跑，无孔不入，防不胜防。为了堵住缺口，你只能疲于奔命，一块大田放满水，你会成了泥猴，最后累瘫成为稀泥。有放水经验的人却喜欢这活，利用稻草、泥沙和沙枣树枝控制每一个方块田的流量，切忌大水冲灌，要静水慢流。在这个过程中，你只需要等待就行了，人就躺在草堆上看天上的白云或者数夜晚的星星，轻松得很。

王福根就是一个放水的老手，黄建疆跟着王福根长见识了。王福根教黄建疆如何控制各个流量不同的水口，这要根据方块田的大小、地势来定。第一天放水看不出效果，一个白天下来方块田里才浸透了一个地角。放水最重要的是第三天，水要放满了，田埂很容易冲垮，也容易跑水。放水夜里是不能回宿舍睡觉的，炊事班送来了夜班饭。黄建疆觉得放水的活还是比较轻松的，夜班饭油水也大些，面条里居然有一星半点的肉，是什么肉黄建疆吃不出来，只要不是老鼠肉就行。吃饭时王福根说他吃过老鼠肉，这让黄建疆直反胃。

黄建疆吃饱了喝足了惬意地躺在草堆上，被浓郁的沙枣花香熏得很沉醉。黄建疆觉得这大好的时光不能浪费了，心里就有些蠢蠢欲动，想着要是把女朋友李红柳弄来一起数星星该有多好。春耕、春播大忙时节男女会分配不同的工作，黄建疆已经好久没有和李红柳在一起混了，怪想的。现如今沙枣花也开了，水已经进地了，等稻苗长出来才需要拔稻草，进行田间管理，这一段时节是兵团人松口气的时候。黄建疆也需要松口气，黄建疆自然就想起了女朋友李红柳。

可是，要把李红柳弄来需要征得王福根的同意，否则连长知道了肯定不行。黄建疆斜眼一翻就有了主意。黄建疆神秘地问王福根："王班长，你想不想喝酒？"王福根的眼睛一下就睁大了，回答："侬冈笃（傻）呀，放水，夜里寒呀，要是能喝点老酒那就是神仙日子了。"王福根躺在草堆上，微闭起眼睛，很沉醉的样子。黄建疆说："那我带信回去，让李红柳给我们送瓶酒，再弄一袋花生米。”王福根听黄建疆这样说，不由得咽了下口水。王福根从草堆里坐起来，说：“你去搞酒，我去检查一下水头。”王福根的意思黄建疆听懂了，天已经黑了，哪有带信的人，是想让黄建疆回去拿酒，这正中黄建疆下怀。

黄建疆兴高采烈地回了一趟连队，在小卖部里买了一瓶酒和一袋花生米，牵着李红柳的手就来了。李红柳开始还不愿意来，说你和王福根喝酒，拉我去干啥？黄建疆说：“我们把王福根灌醉，然后想干啥就干啥。”李红柳掐了黄建疆一下，骂黄建疆流氓，太坏了。

王福根见了李红柳只笑笑，眼里就只有酒了。黄建疆就把瓶子递给王福根。王福根把吃饭的碗从一个挎包里拿出来，用手绢仔细地擦干净，把酒瓶子在坎土曼上磕。黄建疆说：“我来。”要过酒瓶子用牙咬开了瓶盖，然后给王福根倒上。王福根说：“不能用牙齿咬的啦，牙齿会坏掉呀。”黄建疆不语，也拿出饭碗倒上，端起碗说：“敬王班长。”王福根说：“什么班长不班长的，都是朋友。”两个人碰了，都喝了一大口。黄建疆夸赞王班长好酒量。王福根说:“我酒量不行，干活累就是爱喝一口。”黄建疆把碗递给李红柳，李红柳也和王福根碰了一下，说:“敬王班长。”王福根直摇头，说:“这样喝不行的啦，你们俩喝我一个，我要醉的啦。”李红柳说：“今晚有酒今晚醉,不醉不是上海人。我敬王班长,先干为敬。”李红柳喝了一口，在那直咧嘴。王福根笑了，夸李红柳会说话，高兴地捡了一粒花生米吃了，又喝了一大口酒，说:“花生米是下酒神器呀。”

几口酒下肚，王福根的话就多了，两个人就开始谈理想。黄建疆问王福根最大的理想是什么?王福根说最大的理想是回上海。黄建疆心里就动了一下，觉得王福根和自己说了真话,不见外。黄建疆拍着王福根的肩膀说,王班长立了三等功，我还以为你的理想就是扎根边疆呢。王福根又喝了口酒，闭着眼睛直摇头。黄建疆说，我最大的理想是去远方。王福根问远方是哪里?黄建疆答远方是哪里我也说不清楚，原来我想考大学回四川，我娘是四川人，那就是我的远方了。到头来大学也没考上，我现在也不知道远方是哪里了。王福根说你别傻了，什么远方？我在上海的时候也想去远方。在那遥远的地方，有个小姑娘，结果就来到了新疆，来到这戈壁滩上，现在再想回上海就难了，户口迁不回去了。王福根说着眼睛里就有些潮了。说骗人的，远方都是骗人的。我小的时候阿拉姆妈总是吓我，小赤佬你不好好读书，长大了劳改把你押送到远方。我当时心里一点也不害怕，我巴不得去远方呢。远方是大人吓唬小孩子的地方，大人肯定没想到，远方恰恰是小孩子向往的地方。黄建疆就笑了，说口里的劳改犯押送到远方，就来到了我们新疆；我们新疆的劳改犯押送到远方那岂不是回口里？王福根嚼着花生米在那里直摇头，说黄建疆是个阿勿卵（有点傻），想回口里想疯了。黄建疆说，我这样说是不是有点道理。王福根摇着头，没道理，没道理，我们的所在地就是远方，远方就在你脚下，你不能舍近求远。王福根说着话有些东倒西歪的了，说我不行了，不行了，我头有些晕，要睡一下，远方是在梦里厢的。王福根歪在那里真睡了，临睡了嘴里还嘟囔着不放心，说我们换班，你守上半夜，我守下半夜，不要跑水呀……

王福根睡了，黄建疆和李红柳互相望望。黄建疆叹了口气说："看来，我们哪也去不了了，我们一辈子只能在新疆。"李红柳说："我觉得新疆挺好的。"黄建疆搂了一下李红柳，说："新疆是挺好的，你在哪，哪就好。"李红柳说："你喝的是酒又不是蜜，嘴咋恁甜。"黄建疆就叹了口气："说真的，有你在，在哪都能活人。我们将来就在一碗泉安家。"

两个斜眼并排靠在草堆边相互一望，恰好四目正眼凝视，显得极为真诚，简直就是负负得正的原理。两个人一下就感动了，紧紧搂在了一起。

王福根在他们身边打着呼噜，肯定不会梦见两个小青年在自己身边白相。黄建疆把头埋在李红柳的胸前，深深地吸了口气，说我就是喜欢你身上的香味。李红柳问什么香味？黄建疆说沙枣花的香味。李红柳说可能是我吃多了沙枣花的缘故。黄建疆说沙枣花又甜又香，怪不得从内到外你都是香的。李红柳说内部的香你咋能闻到的？黄建疆说内部的香靠感觉。李红柳说我不信你能感觉到内部的味道。黄建疆说那我进去试试。李红柳说流氓，试什么试，你又不是没试过。

黄建疆说那我这次主要是尝尝味道。黄建疆说着就把身子缩了下去。李红柳“哇”的一声,就不敢出声了。李红柳不出声,呼吸却比较沉重，呻唤着 :“黄建疆，黄建疆你个流氓……”

李红柳脑袋左右甩着，突然声音有些异样，喊:“黄建疆，快，快点，跑水了，跑水了。”

黄建疆说 :“跑什么水，我还没有放水呢。”

李红柳喊 :“跑水了，真的跑水了。”

黄建疆爬到李红柳身上说:“没有，我马上开闸放水……”

李红柳摇着头，斜眼向左看，但见大水白花花地漫过田埂四处流淌。黄建疆在李红柳身上，斜眼向右看，却是月光如洗，树影婆娑。

李红柳说 :“真的跑水了，跑水了，我不管。”

黄建疆说 :“跑就跑，我要水灌红柳。”

李红柳说 :“我告诉你跑水了，你要负责。”

黄建疆说 :“我负责，我负责一辈子。”

李红柳全身一下就放松了，任凭黄建疆在身上使用着蛮荒之力。两个人完事后，在散发着稻草香和沙枣花香，还有红柳香的草堆里沉沉入睡。

好吧，真的跑水了，那水冲破了支渠，直接灌进了方块田，所有的田埂都被大水荡平，然后大水又从大田里冲出，奔向荒野，在大漠边缘流进了一个古代的荒废的坎儿井里。那些化肥成了野草的养分，那些种子跟随着水跑远了，成了无人监管的孩子。方块田成了真正的汪洋，黄建疆和李红柳和王福根沉睡的草垛就像汪洋中的草船，在大田里风雨飘摇。

第二天早晨，连长马尕娃和指导员带人来到了岸边。大家望着眼前的汪洋一片，愣住了。然后，马尕娃跳起脚骂："王福根，你还在睡，你咋不掉进黄浦江里淹死算了。"

王福根躺在草垛上还在沉睡着。指导员让通讯员回连队拿来了军号，对着草垛吹了起床号，见还没有动静，又吹了紧急集合号。王福根一个翻身终于醒了，他慌忙下床，却掉进了水里。王福根就骂："操侬娘呀哩，啥人呀，啥人把水放到我家里厢了。"岸上的人哈哈大笑，愤怒的连长哭笑不得，喊："扣工资，扣工资。"

不住地窝子，就要盖房子
为了孩子要夯实基础

八

我哥哥黄老斜这个混蛋为了和斜眼美女在月光下幽会，把上海青年王福根灌醉，放任自流，造成跑水，给 38 连春播造成了很大损失。跑水不仅仅浪费了水，关键是种子和化肥在放水前都播下了，跑水后必须补种，这比流逝的水还精贵。兵团的条田都是大型机械播种，放水后播种机无法下地，重播要用大量人工下地撒种子和化肥。刚刚春耕、春播大忙过后，人早就累趴下了，需要喘口气，这时候再派人去撒种无疑是把人往死里逼。

跑水事件后果严重，惊动了团里。团长很生气，当天就命令团保卫科长余明德亲自下来调查。有人说王福根这回要倒霉了，今年不但评不上先进，说不定还要受处分。黄老斜是新分来的学生，连长把王福根和黄老斜放在一组就是让王福根当师傅的，跑水了，当然是师傅的全部责任。王福根吓坏了，让黄老斜千万别提喝酒的事。黄老斜却说，必须提喝酒的事，否则，王班长你就完蛋了。

王福根被黄老斜弄糊涂了。

黄老斜说："跑水的事和王班长你没有关系，是我为了和女朋友谈恋爱，把你灌醉了。"王福根说："这可不是小事，我们上海青年马富海跑水不但关了禁闭，而且还要赔偿，月月扣工资，现在还没扣完呢。"黄老斜说："王班长我一人做事一人当，我也不是没有关过禁闭，每月工资不就是 20 多块钱嘛，扣去，看他哪年哪月扣完。"

我哥黄老斜死猪不怕开水烫了。

黄老斜拍着王福根的肩膀说："这事你就别管了，我全扛了。你和我不一样，你立了三等功，还能立二等功，将来还能当排长、连长，表现好了，提干，说不定能调回上海呢。"

王福根被黄老斜说得泪水都下来了，一个劲地说谢谢侬，谢谢侬。黄老斜说我们是朋友，为朋友两肋插刀，这是兵团人儿子娃娃的个性。你没有把我当外人，我还以为你一定会说一辈子扎根边疆呢，没想到你还想着回上海。我特别能理解你，谁都会想念自己的家乡呢。可是，我出生在一碗泉，我的家乡就在一碗泉了，我要是回口里了，说不定也会思念一碗泉的。

就这样我哥哥黄老斜再次被拘留了 15 天，这次不但罚款 30 元，而且还要赔偿损失。按照成本来算，扣黄老斜十年工资都不够。当然，黄老斜从此也就没好意思去连队财务上领过工资。

黄老斜的工资是靠不住了，不知道扣到哪年哪月，不过，他也没饿死。他的斜眼兄弟会匀一些饭票给他，再加上李红柳的，他吃饭不成问题。有时候黄老斜还回家蹭饭，我爹黄世云就吹胡子瞪眼的，说你这辈子就白干了，还想让你贴补家用呢，你倒好还回来坑爹。黄老斜把我爹黄世云的话当耳旁风，该吃吃该喝喝。黄老斜吃完饭，说我不会白吃你的，将来会给你补偿。黄世云说，你补偿个球，我这辈子是指望不上了。

没过几天，黄老斜就骑着自行车给家里送了一褡合（麻袋）西瓜，这让我爹我娘喜笑颜开。新疆本来是一个瓜果飘香的地方，一褡合西瓜没啥稀奇，关键当时瓜还没有下来，38 连种的西瓜才鸡蛋大，黄老斜居然往家里送了一褡合成熟的西瓜，这当然让我爹娘高兴了。第二天，马尕娃刚好到我家串门，我爹就显摆着杀瓜招待连长。马尕娃极为惊奇，问哪来的？说昨天我才去了瓜地，我们的西瓜还是瓜妞妞。黄世云不无骄傲地说,是老大买的。马尕娃说黄建疆从哪买的？这么早熟，问清楚了，明年我们引种。

新鲜西瓜连长家都没有，我们家的床底下先塞满了，这让我爹黄世云脸上有光。我爹黄世云为了巴结连长，让我去问黄老斜西瓜是从哪买的？ 38 连明年好引种。我跑到黄老斜的宿舍，发现黄老斜的宿舍里到处是瓜皮。黄老斜的集体宿舍里住了十几个斜眼兄弟，每个人都吃上新鲜西瓜了，这种情况只有在夏天瓜果大量下来了才有可能。

我替黄世云带了话，我的问话引起了大家的哄堂大笑。

那位叫艾力江的二转子斜眼，居然为我纠正汉语的读音，说我读了错别字，那个字不读买，应该读卖。我十分不解，说难道你们都成了瓜贩子？大家又笑了。艾力江说今晚你过来，我们教你摘瓜。黄老斜瞪了艾力江一眼，说带他去干啥。另外一个斜眼蒋良泉说，你这个弟弟有点书呆子气，啥球都不懂,将来怎么在兵团混呀,带他去锻炼锻炼。我心中很不服气，觉得这些大了几岁的哥哥们太看不起人了，难道成为瓜贩子就能在兵团混了？况且，我将来也没想在兵团混，我要考上大学回口里去。不过，我可没有黄老斜那么傻，到处宣称要考大学,要寻找什么心中的远水,结果作弊被轰出考场,丢人。

我心中还是充满了好奇，贩瓜为什么要在晚上？

天一黑我就到了黄老斜的集体宿舍，发现他们正在给自行车打气，每辆自行车后都夹着两个褡合。黄老斜见我来了也不理我，蒋良泉却笑着和我打招呼，让我回去推自行车，到时候大家都驮瓜了，可没有空车驮人。听蒋良泉这样说，我转身就往回跑。黄老斜在身后闷闷地道，你捎上两个空化肥口袋，褡合你驮不动。

那天晚上明月当空，十几辆自行车悄无声息地出了连队。大家在路上也不说话，显得十分严肃。黄老斜骑车走在前面，牛逼得像个带头大哥。我骑车跟在队伍后面紧赶慢赶的，既兴奋又紧张，手心里都是汗。整个队伍如此的肃穆，这哪里像一队瓜贩子，分明就像一支要去参加战斗的队伍。那天晚上的事我现在还历历在目，那完全就是一次战斗。我们的自行车队行进了半个多小时，在一个排碱渠边停下了。大家下车把自行车放在沙枣树林里，留下了几个人，说是守车。其他人拿着褡合徒步沿着排碱渠悄悄向上游移动。

当年，可能抗战电影看多了，我就觉得我们是一支敌后武工队，去端鬼子炮楼，只不过我们手里没有端着驳壳枪，而是拿着褡合。队伍在黄老斜的带领下，弯着腰至少又走了半小时，在排碱渠边停下了。大家开始在排碱渠边脱衣服，一丝不挂的。衣服脱了都堆在渠边，拿着褡合下到排碱渠里。我不明就里，也下了水，紧跟着蒋良泉，也不敢多嘴，因为整个队伍自始至终都没人说话。我被一种气氛控制了，就像去参加战斗的新兵，生怕暴露了自己的胆怯。事实上我的表现后来赢得了大家的一致好评，只是当时在下排碱渠的时候，我有些犹豫。排碱渠的水有齐腰深，我比哥哥们矮一头，水却没到了我的脖子，再加上水流湍急，我一下水就被冲倒了，没入水中。大家都是蹚水过去的，我却是游过去的。那水真凉。

过了排碱渠，一块几十亩的瓜地兀然而现。整个瓜地一望无边，那些大西瓜在月光下灰蒙蒙的，隐隐约约展现出清新善良的光芒。瓜地散发着一种少女的香甜，青涩、洁净、美好、诱人，属于还没被人践踏的初夜。

只是，随着瓜棚那边的第一声狗叫声传来，我似乎从懵懂中醒过味来。我们这不是贩瓜，而是偷瓜。我被那个“偷”字击蒙了，蹲在瓜沟里一动不动，赤身裸体地直打哆嗦。狗的叫声越来越近，连狗链子的声音都能听到了，可是，黄老斜他们还在摘瓜，不为所动。

看瓜人紧紧拉着狗链子，向这边靠近。这时，艾力江和蒋良泉迎了上去，拦住了看瓜人。蒋良泉喊：“别过来，我们就摘几个尝尝。”

狗仗了人势，咆哮着向前冲，看瓜人紧紧抓住狗链子不放。看瓜人在狗的拉动下又向我们逼近了一步。我心中极为害怕，就差拔腿逃跑了。蒋良泉勇敢地向逼近的看瓜人投去了石头，在石头都没有阻止住看瓜人的情况下，艾力江顺手摘了一个生瓜蛋子向看瓜人投去，并且恶狠狠地用维汉混合的话威胁道："你过来嘛，艾格莱，艾格莱（过来），你敢过来，我就把瓜秧拔了。"

艾力江用二转子话进行如此恶毒的威胁，让看瓜人定在了那里。看瓜人一听明显胆怯了，不敢再靠近。狗却一直咆哮着拉扯着铁链子作向前冲击之状，看瓜人怒气冲冲地喝住了狗，指桑骂槐："狗日的，住手，闭嘴，让你不得好死。"

大家也不搭话，只听着啪、啪、啪，当、当、当……的声音不绝于耳，这是黄老斜正用食指弹瓜。夜里偷瓜判断"生""熟"是黄老斜的绝活，否则偷回去的都是生瓜，那一夜就白忙活了。在月光下黄老斜不用看，只听音。啪啪啪的声音是熟瓜，当当当之声是生瓜。黄老斜只负责摘瓜，将熟瓜摘了，滚进瓜沟，身后有人将瓜装进褡合，负责向排碱渠边背，背一趟回来了又背一趟。

前方有人掩护，中间有人摘瓜，后面有人运瓜，各有分工，配合默契。整个过程井然有序，不慌不忙，好像是在自己的瓜地一样。我一丝不挂地蹲在瓜沟里，看着黄老斜他们偷瓜，成了一个名副其实的吃瓜观众。

不知道过了多久，我被蒋良泉拉了一把，便跟随着出了瓜地，游过冰凉的排碱渠再次来到对岸。

那天晚上，偷这么多瓜无论你有多大力气，也带不走，即便是他们中最有力气的，也只能背一褡合走。黄老斜他们贪得无厌，偷了瓜却背不走，可惜了。让我十分疑惑的是，大家上岸后都穿上了衣服，谁也没有背瓜。一群人手里拿着空褡合，沿排碱渠往回走，那些瓜呢，难道就不要了？

在往回走的路上我有些垂头丧气，有些依依不舍。大家好像也都显得不舍，脚步没有了来时的急促，就如沿着排碱渠散步。黄老斜带领大家沿着排碱渠不紧不慢地走着，时不时向排碱渠里张望，如观鱼汛。

我也学着张望，排碱渠里黑黢黢的，即便有鱼，夜晚也无法看见。

就这样，我们又回到了存放自行车的地方。我正要去推自行车，却见大家纷纷下到排碱渠里了。当第一褡合瓜被蒋良泉捞上来后，我恍然大悟。原来，那些西瓜正顺水漂流，老老实实地跟着大家来了。留守的几个人还在捞瓜，远处不断还有西瓜漂来，前赴后继的，甚是壮观。那些西瓜就像水雷，漂过来，漂过来，有些都已经爆炸了，红色的西瓜瓤，散碎如血，在月光下仿佛将排碱渠都染红了。捞上的瓜堆在排碱渠边上，每个人的褡合都装满了，连我的化肥袋子也装满了。

剩下的就一人抱了一个，一拳砸下，挖出瓜心，往嘴里塞。我正在吃瓜，蒋良泉突然把挖去瓜心的半个西瓜扣在我的头上，说送你一顶瓜皮帽。顿然，我眼前一红，被西瓜包围了。西瓜水灌顶，甜蜜得让人喘不过气来。我装着无事，双手用西瓜洗脸，说这才是甜水洗脸呢。我瞅准了，准备报复蒋良泉，没想到郭建华冷不防把半个西瓜扣在了蒋良泉的头上。艾力江又把瓜皮扣在了郭建华头上，我干脆就把西瓜扣在了艾力江头上。于是，西瓜仗就打乱了，大家挖出西瓜瓤互相追逐，就如打雪仗。当然，西瓜没有雪那么多，应该更像现在的生日晚会，蛋糕吃不了，互相抹脸。这样的狂欢在月光下，在排碱渠边，有些怪诞和恐怖，因为每一个人都满脸似血，要出人命的状况。

大家闹够了，开始驮着西瓜返回。我在心中不由叹服，黄老斜他们太狡猾了。让偷来的瓜在水中漂，这不仅仅是省力气的问题。瓜顺水漂了几里地，不但漂离了瓜地，也漂离了 26 连的地界。在瓜远离出生地之处，捞瓜上岸，偷的瓜就合法化了，即便有人碰到也不会想到这是一群偷瓜贼，而是加夜班的人。黄老斜他们几十年前在排碱渠里洗瓜，和现在的不法分子洗钱一个道理。只是，可惜了那些带不走的瓜，都打瓜仗用了，要知道很多人还没有尝鲜呢。

最早的脱谷方式
还是从农民那里学来的

九

黄建疆带领斜眼班偷瓜，大家都有耳闻，可没有证据。再说，偷的又不是38连的瓜，也没有失主找上门来，连长也就没法追究了。马尕娃听说了只是笑笑，说兵团的孩子，都继承了革命战争时期老一辈的优良传统，骨子里都有了战斗精神。瓜地、菜地、果园就是战场，夜里偷瓜、偷菜、偷果园有点像战争年代的摸哨，这是很好的练兵。将来万一有战争，这些年轻人拉上去就能战斗。

马尕娃这个论调有些言过其实了。他是战争年代过来的人，一切都拿战争说事。其实，兵团的孩子无论男女，没有不偷瓜、偷菜、钻果园的，就像现在的孩子在电脑上玩“偷菜”

游戏一样。人们把偷瓜、偷菜、钻果园当成一个游戏，不以为忤。这是因为偷瓜、偷菜、钻果园也偷不出什么经济价值，既然偷不出经济价值还叫偷吗？每个连队都有瓜地、菜地、果园，属于职工的福利，自产自销，不外卖的。新鲜瓜果蔬菜下来了分给各家各户，象征性地收些钱。比方：西瓜也只收五分钱一公斤。当然，偷瓜、偷菜、钻果园也有游戏规则：兔子不吃窝边草。

黄建疆的这种偷法，就有些过分，有些野蛮了。一般的偷都是散兵游勇，他们有组织、有计划、有预案，一次出动一个班，这让一个老头带一条孤独的狗如何看瓜？最关键的是黄建疆偷瓜偷的是经济价值。在大量西瓜下来时，西瓜是五分钱一公斤不假，可早熟的西瓜在巴扎上卖，却是五毛钱一公斤，相差十倍。26连的早熟瓜并不是什么新品种，是采取了地膜覆盖技术，后来每个连队都采用了这个技术，兵团人的西瓜成熟整整提前了一个多月，这是后话。

黄建疆偷瓜不是为了尝鲜，是为了卖钱。黄建疆穷，工资都被扣完了，要想办法弄钱。

西瓜偷回来后就藏在集体宿舍的床下，黄建疆要拉到巴扎上卖，又不好十几人驮着瓜大摇大摆地出连队，就想起了野驴金花。自从马尕娃学会了骑自行车后，野驴金花就成了马号里一头孤独的驴。它焦躁的叫声经常会惊动连队养着的一群马。对于马来说，驴叫声是让它们无法平静的噪音。有些脱槽的马就会对野驴金花进行性骚扰，常常伸出硕大的阴茎爬上金花的驴背，这使野驴金花拼命反抗。野驴金花很清楚，找一匹马做男朋友，日后，会生下骡子，而骡子是不能传宗接代的。金花是一头野驴，骨子里还埋藏着一个野生动物传宗接代的本能。野驴金花的反抗让马和驴两败俱伤。

在马尕娃看来，马和驴都是兵团的财产，为此，马尕娃就交给了黄建疆只有他才能完成的任务——遛驴。星期天，黄建疆会把野驴打扮得花枝招展，套上驴车，带上同样花枝招展的李红柳去赶巴扎，这让金花和李红柳都很兴奋。野驴金花在巴扎上四处打望，希望能找到自己的如意情郎。

当然，整个巴扎上驴有很多，可都是些温驯的家养毛驴，要想找一头有野性的太难，妄图找一头野叫驴那几乎不可能的。野驴金花在巴扎上的回头率虽然很高，可适合自己的并没有发现。野驴金花只能望驴兴叹。好在，野驴金花并不是时刻都想找男朋友，它只有在发情期才有冲动。

黄建疆要去卖瓜，自然就想起了野驴金花。黄建疆把野驴金花套上车，再喂野驴金花一块西瓜皮，吃得野驴金花哈哈大笑。简直是人世间的美味呀，有西瓜皮吃，野驴金花愿意随黄建疆走遍天涯海角。

星期天的早晨，黄建疆在人们还在睡懒觉时，把驴车赶到了集体宿舍门前。驴车装满了瓜，还盖了一些稻草掩人耳目，然后赶着驴车就出发了。

黄建疆卖瓜挣了两百多块钱。在那个时代可是一个大数目，基本是黄建疆一年的工资。黄建疆并没有把钱私吞，也没有分给大家。黄建疆告诉大家，王福根要回上海探亲了，这两百块钱给王福根，让他从上海带好东西回来。当大家问带什么时，黄建疆很神秘地声称保密，只说绝对都是大家急需的。黄建疆卖了一个关子，谜底要等王福根从上海回来才揭晓。

夏秋季节，兵团孩子偷瓜、偷菜、钻果园的游戏还在进行。每年瓜果飘香的季节,都是兵团孩子的节日。偷瓜和看瓜，偷菜和看菜园子，钻果园和守果园，是几组猫和老鼠的游戏。兵团孩子乐此不疲。随着偷的老鼠越来越多，越来越强大，猫的力量就远远不够了。原来都是连队的老头看守瓜地果园，老头看瓜嘛，这是传统。一般瓜地离连队都较远，有了偷瓜贼，连队根本来不及增援，等你回连队喊来人，偷瓜贼早就没影了。老头看瓜已经无法阻止神出鬼没日益强大的偷瓜贼了。后来，看瓜守果园的就没有老头了，各连都派出了最强阵容。这所谓的最强阵容其实就是各连队最捣蛋的家伙。比方：38 连就是以黄建疆为首的斜眼班。这种以贼防贼的方式效果明显。本来是老鼠，现在转变了角色，成了猫，这让其他老鼠怎么玩?

做猫对于兵团的一些年轻人来说是极有吸引力的，因为夜晚有猫和老鼠的游戏，白天却不用上班。看瓜、守果园还有菜地成了连队指派的工作，不用干活照发工资，年轻人趋之若鹜。

新疆的果园和瓜地不同，果园是相对固定的，四周由沙枣树和白杨树混种的一道天然而又高大的篱笆墙围起来。这个生机勃勃的篱笆墙在春季是一道长长的花墙，上面开满了粉色的沙枣花和鲜艳的喇叭花。花墙和果园的杏花、桃花、李花混合在一起，几十里内香气宜人。这美丽的篱笆墙外有一条甜水渠和一条碱水渠。甜水渠就是淡水，用于给果园放水，碱水渠是排碱用的。排碱渠就如一条壕沟，渠外是一条机耕道。从杏子成熟的那天开始，一直到冬季来临的最后一筐苹果收获，果园几乎就成了战场。果园诱惑着过往的人们，人们时刻都想攻破这道天然屏障。要想进入果园需蹚过排碱渠，钻过篱笆墙。篱笆墙由混乱的沙枣刺及各种野草和灌木组成。那些沙枣刺从来不休息，张牙舞爪地等待着你。如果你要钻过去，就要和沙枣刺亲密接触；如果你想翻越篱笆墙，除非你从那白杨树梢上飞过。

秋季过后，许多连队的篱笆墙都会千疮百孔，就像发生过激烈战斗的战场。黄建疆接手果园后，他不在篱笆墙内守，这种传统的防守会造成篱笆墙的损毁，因为在篱笆墙内守，人进入果园后才会被发现。黄建疆派人在篱笆墙外守，沿着排碱渠外的机耕道骑着自行车巡逻。无论白天还是黑夜，要想打 38 连果园的主意，你必须沿机耕道来。黄建疆的这种守法确实是十分有效，往往是人还没有过排碱渠，就会被发现。38 连的果园就成了攻不破的堡垒。

黄建疆本来就是一个成功的老鼠，他成为猫以后，对付老鼠当然有一整套了。关键是黄建疆成为猫之后，有时候还会客串老鼠，去偷人家的果园。这就叫主动出击，以守为攻，打的是防守反击。

26 连的野种李军垦偷 38 连的果园总是铩羽而归，可 26 连的仙桃成熟的时候，再一次遭到黄建疆的成功偷袭。那些刚刚成熟的仙桃可是宝贝，是连长胡日鬼送团领导的礼品。26 连的果园被偷，作为看守者李军垦难辞其咎。果园被偷后，胡日鬼亲自调查现场，篱笆墙完好无损，找不到损毁处，不知道贼是怎么出入果园的。胡日鬼就怀疑李军垦监守自盗，这让李军垦十分恼火。

李军垦既然守不住果园，自然就被换了下来。李军垦后来听说是黄建疆干的，十分气恼。可是，又没当场抓获，没有证据，甚至连出入口都没有找到，无可奈何。后来，李军垦打听到黄建疆是从放水口潜水进出的果园，心中就恨上了黄建疆。

黄建疆偷了仙桃去卖，却出了意外，这事和野驴金花有关。

野驴金花那段时间内心又开始蠢蠢欲动，赶巴扎总是左顾右盼地想找男朋友。黄建疆把驴车停在巴扎上，还给了金花一块西瓜皮。往常野驴金花有了西瓜皮会幸福地啃着，根本不屑搭理那些馋嘴的家驴。可是，这天野驴金花却有些不同，连西瓜皮也懒心无肠地啃，总是抬起头东张西望。在野驴金花身边卖桃的李红柳见金花心神不宁，还给了一个烂桃，这也是金花过去没尝过的美味。

这时，一头没有拴好的叫驴突然举着大枪向金花扑来，它急切地要耍流氓。那叫驴爬到了金花背上，可金花并不配合，把屁股东扭西扭的。叫驴无法成事，却又不下来，这让红柳十分难为情。红柳就去拉叫驴的辔头，想让叫驴下来，没想到叫驴突然将前蹄搭在了李红柳的肩上，用那一尺多长的肉棍，对着李红柳的裤裆一阵乱戳。李红柳吓得大惊失色，居然被那驴用前蹄夹住了动弹不得。李红柳哇哇乱叫。黄建疆见状抽出驴车上的红柳棍，对着叫驴后腿横扫过去，那叫驴轰然倒地。

李红柳挣脱叫驴后甚是狼狈，裤裆全湿了，滴滴答答的。赶巴扎的人见状先是一愣，然后表情怪异，绷着脸，再转身，就偷着乐了。有人终于忍不住说："我操，人被驴日了。"李红柳也回过味来，羞愧难当，"哇"的一声大哭起来。

人被驴日了，人被驴日了……

这消息像风一样在巴扎上弥漫开来。有好事者就向黄建疆的驴车拥来。黄建疆愤怒地将叫驴的缰绳抓在手中，挥舞着红柳棍痛打流氓驴。这时，在巴扎上执勤的派出所民警过来了，拉住了黄建疆，也拉住了驴。民警说："驴是畜生，你打它也没用，找驴的主人，他有看护责任。"

叫驴的主人叫阿布拉。他知道自己的驴惹了大祸，见了民警，一屁股坐在地上哇哇大哭，说了一口的汉语，居然还是河南口音:"喂江,喂江……驴嘛,犯错误了嘛,是俺的错嘛,对不起嘛,对不起嘛!"

有人就说:"驴嘛,犯了流氓罪,要劳改;你嘛,驴的主人嘛,也要劳改。"

阿布拉哭得更勤了,说:"驴是驴,人是人,驴日了人,不是人日了人,驴嘛劳改,人嘛不劳改。"

阿布拉的这番话让围观者听了哈哈大笑。

民警牵着驴,带着阿布拉和黄建疆去派出所解决问题。李红柳自然也没有脸卖桃了,赶着野驴金花回38连。那头骚情的叫驴不知道自己闯了大祸,居然和金花分别时还龇牙咧嘴地抛媚眼。金花连瞄都不瞄叫驴一眼,显得极为矜持。

在派出所黄建疆和阿布拉讨价还价。黄建疆要阿布拉赔偿50元,阿布拉又哭了,说50元没有,家里也没有。这驴买的时候被骗了,花了普鲁(钱)五元,说是母的,结果养大了却是公的,不能下驴娃子,白侃白侃的(白白的)养大,现在又犯错误,你让我怎么办?黄建疆就拿出了20元钱递给阿布拉,说:"五元买的驴,喂大了,我给你20元,驴我牵走了。”阿布拉意外地望望黄建疆，说：“你脑袋被驴踢了嘛，我的驴20元在巴扎上卖不掉，现在它要流氓，你还给我20元，你的羊缸子（老婆）白侃白侃的被日了一下嘛。”

黄建疆皱着眉头，说：“要么你赔我50元，驴你牵走；要么我给你20元，驴我牵走，尼玛的叨（怎么样）？”阿布拉接过钱闪了一下肩膀就走，说：“驴你的了，流氓罪也是你的了，俺走。”

民警让阿布拉先不要走，还要办个手续，按个手印。阿布拉说，我是阿英克村的阿布拉，大家都知道。黄建疆也说我是一碗泉的黄老斜，大家都知道。阿布拉一下就握住了黄建疆的手：“我们离得不远嘛，朋友嘛。”黄建疆心中还有气，没心情交这个朋友，阿布拉握着黄建疆的手，摇了又摇。

民警让两个人在民事裁决书上签字按手印，以免今后反悔，有麻烦。阿布拉对民警说：“我的恰达克（麻烦）没有，他的恰达克（麻烦）有，他把驴牵回去，他的羊缸子（老婆）会肚子胀（生气）。”

阿布拉拿着钱高高兴兴地走了。黄建疆恨恨地对民警说：

“这个流氓驴,看我回去怎么修理它。”民警笑了,告诉黄建疆,驴牵回去可以杀了吃肉，天上龙肉，地下驴肉。你们兵团人经常在巴扎上买驴回去，养大了，吃肉。这头叫驴又壮又肥，可以卸不少肉。民警又说：“那‘驴钱’又粗又大，煮熟了切片凉拌，是最好的下酒凉菜，大补。”民警说着还咽了下口水。

黄建疆冷笑着说：“直接杀了，便宜它了，要凌迟处死。”

民警说：“驴是你的了，你随意。”

一条渠通水当然是一个节日

人工打土块
它代替了砖头

十

我哥哥黄老斜把羞辱李红柳的公驴牵回了连队。

人们称公驴为叫驴，称母驴为草驴，这种叫法十分奇怪，不可理喻。那头流氓驴被绑在门口的白杨树上，黄老斜用红柳棍抽打。人们都来看热闹，开始并不知道黄老斜和这头驴有什么仇。等赶巴扎的人都回来了，知情者就笑了。上海青年马富海说："操他娘的哩，黄建疆恨死它了。当（打），往死里当，当死了吃肉。"

河南人赵忠全问："一头驴嘛，黄老斜咋恁恨？"

马富海说："你迷啥呀，夺妻之恨咧！"

什么？这是什么乱七八糟的。人们七嘴八舌地问。

陕西人李光头说："这头驴日能得很，敢日人哩，在巴扎上把李红柳日了。"

啊，此话一出，人群哗然，消息迅速传遍全连，引得很多人来看热闹，看黄老斜如何有仇必报，找驴报仇雪恨。黄老斜买流氓驴回来本想给李红柳出气，却变相公开了李红柳在巴扎上受辱之事，这让李红柳无颜见人，也无颜见驴。就在黄老斜一边虐驴，一边骂人之时，李红柳拿着我娘的赶牛鞭冲了出去。人们都以为李红柳要打驴，没想到李红柳却去打黄老斜。黄老斜被打蒙了，抱头鼠窜。李红柳追打黄老斜，还骂："驴不懂事，你也不懂事吗？"李红柳边骂边打黄老斜："你脑袋被驴踢了，还把它牵回来了，你这是有意臊我的吧。"李红柳拿着赶牛鞭去追黄老斜，就有人问到底谁耍了流氓？有人回答，都耍了流氓，都该打，一视同仁，哈哈。

我爹黄世云这时拎着刀出来了。我爹对斜眼兄弟蒋良泉说："找几个人帮忙，咱杀驴吃肉。"黄世云环顾四周说："黄建疆买头驴回来就是杀了吃的，打驴那是有讲究的，活血，越打驴肉越好吃。你们谁再乱传闲话，此驴就是下场。"黄世云说完此话当场杀驴，手法快捷。

那流氓驴确实卸了不少肉。李幺妹高兴坏了，红烧驴肉一大锅，剩下的肉用盐腌了，我们家后来吃了小半年。那天，红烧驴肉我和两个弟弟放开大吃了一顿，太久未见荤腥了，那驴肉真是太好吃了。李幺妹喊蒋良泉端了一盆到集体宿舍，让那些单干户打了牙祭。

我去喊黄老斜和李红柳回家吃驴肉，没想到两个人都说不吃。黄老斜说恶心，吃不下。李红柳也说恶心，吃不下。两个人真是心有灵犀。

李幺妹听我回来这样说，就神秘地告诉黄世云："李红柳有了，赶紧打报告找连长要房子，让他们结婚。"

我哥黄老斜和我爹黄世云平常在家不太说话。黄世云当然是恨铁不成钢，黄老斜觉得自己眼斜都是黄世云的错。黄老斜虐驴只为泄愤，没想到却让李红柳无颜见人。还是我爹黄世云老辣，不但杀驴吃肉，还有一套说辞，就算给黄老斜挽回了一点颜面。这件事让我哥和我爹的关系有所缓和，黄老斜虽然不吃驴肉，却给我爹捎回了一塑料桶好酒，这算是表示感谢。

黄世云就把连长马尕娃请来吃驴肉，马尕娃乐得嘴都合不拢了。不过，他们除了红烧驴肉外，还有一大盘子驴钱做下酒菜。我当时想尝尝，被李幺妹撵了出去，说驴钱是大人吃的，小孩不能吃。我当时已经是高中生了，他们还把我当孩子？郁闷。什么是驴钱，当时我也没搞懂，后来才知那是公驴的生殖器。驴的生殖器煮熟了切片，中间有圆形的眼儿，看起来像古代的铜钱，所以叫驴钱。当时，马尕娃嘴里还念念有词："驴钱下酒，越喝越有。"那天我爹黄世云和马尕娃用凉拌驴钱下酒，喝了半桶阿克苏酒厂出品的稻花香。

不过，黄世云要房子让黄老斜结婚的事却没有办成。马尕娃表示，我不是不给黄建疆分房子，连队根本没有一间空房子，新分来的学生都是十几人住一个集体宿舍。马尕娃还说我也正愁，要赶紧盖新房子。马尕娃问老地窝子你们要不要？李幺妹坚决不要，说黄建疆和李红柳都是斜眼，孩子生在地窝子里难道也要成斜眼吗？

这样，黄老斜只能等连队的新房盖起来才能结婚了。

我娘李幺妹秘密给黄老斜张罗婚事，黄老斜和李红柳却一直在闹别扭。李红柳恨黄老斜把流氓驴买回来，让全连人都知道自己在巴扎上受辱。黄老斜却认为自己好心为李红柳报仇，好心没好报。两个人谁也不理谁，一直冷战着。

就在这时，没想到阿布拉来了。他赶着毛驴车，带着羊缸子（老婆），在一个星期天来一碗泉打听黄老斜。当找到黄老斜后，他一把握住黄老斜的手，像久别重逢的兄弟，说："终于找到你了嘛，哎哟，找不到你我睡不着觉嘛。"说着从驴车上提了一筐鸡蛋和两只鸡。阿布拉的到来让黄老斜十分意外。阿布拉说："羊缸子知道了事情，过意不去，一定要来上门道歉，我也没办法。"阿布拉提着鸡说："土孩（鸡）、土孩吻（鸡蛋）都是羊缸子下的，送给你，礼物嘛。"

大家都被阿布拉两口子的话逗乐了。蒋良泉打趣说："土孩吻是羊缸子下的嘛，你羊缸子太厉害了。"阿布拉笑，说："你们汉人的话就是难说，应该是羊缸子养的土孩下的土孩吻。"阿布拉一口气说完这话，把自己憋得够呛。

然后，阿布拉的老婆也说了一段话，不过是维语，大家没怎么听懂。阿布拉就翻译，说："羊缸子说了，驴嘛，她养的嘛，犯错误嘛，她有责任嘛，不来道歉嘛，毛泽东思想没有嘛！"大家都被他的话逗乐了。

黄老斜把阿布拉带回了家。我们家从来没有来过维吾尔族客人，李幺妹慌得五迷三道的，把铁锅烧热了，洗了一遍又一遍，又指使我骑车到巴扎上专门割了买买提家的羊肉，给阿布拉两口子做抓饭。黄老斜和黄世云陪阿布拉吃着抓饭喝着酒，又让我去叫李红柳。李红柳死活也不来。

我要是李红柳也不会见阿布拉，阿布拉是流氓驴的前主人，这不是向伤口上撒盐嘛。

黄老斜和李红柳和好是在上海青年王福根探亲回来之后。

王福根很神秘地来到我家，说是找我哥黄老斜。我娘李幺妹说黄建疆除了星期天回来混饭吃，平常根本不回来。王福根说今天就是星期天呀，我在宿舍找不到他，就来屋里厢了。王福根说着拿出了一盒上海产的大白兔奶糖，这让我娘李幺妹大喜过望。我伸手就抢了一颗，还挨了李幺妹一巴掌。

王福根说这是黄建疆让我给她女朋友带的。李幺妹说我晓得我晓得，我帮李红柳保存，她现在实在太馋了，都给她，几天就吃完了，要一点一点地给。

黄老斜给王福根200块钱从上海捎回来的不仅仅是大白兔奶糖。他让王福根带回来了最新款的墨镜。这些墨镜斜眼班的每个兄弟都有。这就是黄老斜的秘密。墨镜的好处对于一个眼斜的人来说远远超出了墨镜本来的价值，那是真正的宝贝。斜眼兄弟们收到墨镜后欣喜若狂，对黄老斜佩服得五体投地。斜眼帅哥戴上墨镜就成了真正的帅哥。

斜眼美女戴上墨镜就成了真正的美女，当黄老斜把大白兔奶糖和墨镜递给李红柳时，李红柳喜上眉梢，实在绷不住了。在20世纪80年代，大白兔奶糖和墨镜对一个偷偷怀孕的姑娘来说是致命的诱惑，就如现在的姑娘见到车子和房子一样，一生何求。斜眼美女李红柳戴上墨镜，缺陷没有了。墨镜在口里的大城市也许早就流行了，可是在大漠边上的兵团却是稀罕物，那是只有在中国香港的警匪录影带中才能看到的道具。墨镜在兵团流行，上海青年们功不可没。黄老斜让王福根给斜眼兄弟带回墨镜如此受欢迎，让一些精明的上海青年找到了商机。上海青年探亲开始捎带货物回新疆卖，服装、鞋帽都有，墨镜自然是少不了的。

墨镜对于斜眼兄弟有用，对一个正常人也是好的。在新疆的大漠边缘，烈日当空，阳光直晒，很多人都有白内障，墨镜简直不可缺少。阿布拉整天在外放羊，自然就有白内障，黄老斜没有忘记给他也送了一副，算是回访。黄老斜和艾力江去了阿英克生产队，找到了阿布拉。当黄老斜把墨镜给阿布拉戴上后，阿布拉稀罕得不得了，称之为变天镜。

让黄老斜意外的是阿布拉的隔壁邻居居然是一家河南人，怪不得阿布拉的普通话是河南话呢。阿布拉的邻居叫王贵荣，也是逃荒来新疆的，不知道怎么搞的，没加入兵团，却在阿英克生产队落了户。就这样，黄老斜和阿布拉你来我往，成了一辈子的朋友。按黄老斜的话说，这是不打不成交。按艾力江的话说，这叫不日不成交。黄老斜听艾力江这样说，气得踢了他一脚。阿布拉说："驴嘛，流氓嘛，人嘛，好人嘛。"

黄老斜和他的斜眼兄弟出门必备三件宝贝，第一是军帽，第二是墨镜，第三是自行车，这成了他们的标配。军帽和墨镜混搭，在兵团十分时髦，成了 20 世纪 80 年代兵团二代的标准形象。在星期天的早晨他们会成群结队地骑着自行车去赶巴扎。在巴扎上他们相互之间总是惹是生非，打架斗殴，掀起波澜。就这样，我的哥哥们简直就像过去的土匪响马，呼哨而过，惹人白眼，成了讨人嫌的小流氓。人们都说，骑自行车的是小流氓，如果他骑着嘉陵摩托，那就是大流氓，或者是流氓头子。

红柳有了墨镜，心情不错，戴上墨镜也愿意出门了。她不愿意和黄老斜一起鬼混，她有自己的去处。星期天骑车去团部，花五分钱买了一根冰棍，边走边吃，在团部的商店闲逛，这算是兵团姑娘们的休闲。

红柳这天和同宿舍的陈卫珍结伴去了团部，两个人从冰棍房出来的时候被 26 连的李军垦盯上了。李军垦远远望着红柳一下就愣了。红柳戴着墨镜的形象简直就是电影明星林青霞，不，比林青霞的身材还好，这是李军垦在兵团第一次见到真正的美女。李军垦和两个哥们就冲红柳吹口哨。红柳和陈卫珍相互望望，笑笑，扭着屁股走得更欢了。李军垦和两个哥们骑车就追了上来，自行车拦住了红柳的去路。李军垦说："丫头，跑啥呢，哥请你吃冰棍。"

红柳说："你是26连的李军垦吧，走开，别以为我不认识你。"

李军垦说："你都认识我了，我还不认识你呢。"

红柳戴着墨镜让李军垦着迷，让李军垦好奇。李军垦让红柳把墨镜摘下来，让哥们看看。红柳态度蛮横，不让李军垦看，说："有啥看的，看到眼里拔不出来了。"红柳挺着胸要走，没想到李军垦一把抓掉了红柳的墨镜。

红柳恼羞成怒，骂道："流氓！"一巴掌扇过去，给了李军垦一个响亮的耳光。李军垦平常野惯了，在路上拦着姑娘搭讪是很平常的事。他没想到居然有丫头敢扇自己的耳光。李军垦被打蒙了，定眼再一看红柳，就有些失望。说："我还以为是什么大美女呢，原来是个斜眼，戴着墨镜骗人。"红柳被李军垦的话戳到了疼处，举手又打。这次李军垦有了防备，一把抓住了红柳的手腕。

在一旁的陈卫珍说:“李军垦,你别这样,我们是38连的,她是黄建疆的女朋友。”李军垦放了红柳,哈哈大笑。说:“原来是黄老斜的女朋友，一个驴日的。”

李军垦的话太伤人了，这让红柳怒不可遏。红柳抬脚就踢了李军垦一脚，把李军垦踢疼了。李军垦火了，回了红柳一脚。这一脚是致命的，正踢在红柳的小肚子上。

红柳蹲在那里捂着肚子不吭声了。李军垦见红柳蹲在了那里，道：“不提黄老斜也就罢了，你提黄老斜，我更饶不了你。”然后，李军垦扬长而去，走着还喊道：“黄老斜要是有种，到26连找我，哥们不怕他。”

李军垦是个二球，那一脚够狠，红柳蹲在那里不行了。李军垦走后，红柳一屁股坐在地下，裤腿有血出来。陈卫珍吓得连忙把红柳送到团部医院，一检查，发现红柳流产了。

我未来的侄儿没了。

当劳动成为习惯
人也就坦然了

十一

黄建疆的女朋友李红柳未婚先孕，38 连的人并不意外，因为早就有人发现黄建疆拉李红柳钻地窝子了。

那些废弃的地窝子已经没人住了，可是并没有拆除。各家搬出来后用一把锁锁了，平常堆放些杂物、农具，冬天还可以当菜窖。用土块垒砌的床，上面铺了上好的沙枣木床板，冬天就成了摆放大白菜的地方，而夏天最热的时候，还有人带一张破席在地窝子里乘凉。地窝子虽然造就了一批斜眼，却是冬暖夏凉的好地方。

黄建疆拉李红柳钻地窝子是在第一次拘留释放后。李红柳在拘留所当着那么多人的面声称是黄建疆的女朋友，黄建疆出来了，两个人自然是要见面的。黄建疆把李红柳带进自己家的地窝子，指着床让李红柳看，说这就是我从小睡过的床；又指指右边的天窗，说我的眼就是这样看斜的。那床上什么都没有了，只剩下一张破苇席，在席上有三个人的汗迹，两大一小。两个大的肯定是黄建疆父母的，小的是小黄建疆的。李红柳坐在床头，拍拍黄建疆睡过的痕迹，就有些感动，说要是小时候我们在一起睡就好了，我们互相逗着玩，就不会盯着天窗看，眼睛就不会斜视了。黄建疆就抓住了李红柳的手，说我们将来就在一起睡吧！李红柳有些害羞，说睡在一起可以，你一定要娶我。黄建疆就把李红柳按在那席上了，说我一定会娶你，我一定会娶你……

事情发生后，两个人躺在地窝子的席上，黄建疆不无深情地说，我们将来也生一个小人，就睡在我睡过的地方。李红柳听黄建疆这样说，一下就坐了起来，说我才不让咱们的孩子睡地窝子呢，你还想让他们成为斜眼吗？

黄建疆刚要解释，李红柳已经起身，气呼呼地冲出了地窝子。

后来，李幺妹知道李红柳怀孕了，找连长马尕娃要房子，马尕娃说只有地窝子，李幺妹也不干了。可见，孩子是斜眼，当妈的更敏感。

就在李幺妹给黄建疆暗中操办婚事时，孩子却让李军垦踢掉了。

事情发生后，38 连人都认为黄建疆要去找李军垦拼命，他可是一个有仇必报的主。黄建疆的斜眼兄弟个个都摩拳擦掌的,准备大干一场。黄建疆本人却阴沉着脸,没有任何表示。

黄建疆只是私下问蒋良泉谁和 26 连有联系，蒋良泉问黄建疆啥意思？黄建疆说找人给李军垦送个信，李军垦踢死了我的儿子，我要他一条腿，哪条腿踢的，他就赔我哪条腿。蒋良泉说那让郭建华去，他在 26 连有老乡。郭建华上午去，下午就回来了，带了李军垦的口信，说不记得是哪条腿踢的了，不知道黄建疆想要左腿还是右腿，有种的到 26 连取。黄建疆听了笑笑，也不言语。第二天，郭建华的老乡来了，说李军垦他们宿舍把窗户都用木板钉死了，门也加固了，床头都准备了铁叉子，一晚上都灯火辉煌的。

黄建疆听了哈哈大笑。蒋良泉问黄建疆这事咋办？黄建疆说，凉拌。蒋良泉问凉拌是咋回事？黄建疆胸有成竹地说，不是不报，时间未到。蒋良泉笑了笑，告诉大家不急，等着看好戏吧。

后来，黄建疆不断放风，说要到26连找李军垦算账。一会说白天去，一会说夜晚去；一会说周末去，一会又说秋后算账。黄建疆不断地喊“狼来了！”，可却迟迟没有动静。黄建疆甚至让郭建华的老乡半夜在李军垦的宿舍外喊：“黄老斜来了，黄老斜来了！”吓得李军垦从床上一骨碌下来，手持铁叉子守在门后，准备迎战，结果又是虚惊一场。

黄建疆迟早要找26连的李军垦算账，这事让李幺妹最担心。李幺妹太了解自己的儿子了，知道这事没完，时间越久事越大。李幺妹拉着黄世云去找马尕娃，让连长劝劝黄建疆，不要找李军垦算账，将来结了婚再要孩子也不晚。马尕娃就找黄建疆谈话，马尕娃说，李军垦是一个野种，有娘生没娘养的。李军垦就没人管了，成了26连一霸。李军垦打女人，这是他的不对，你要是咽不下这口气，我可以通知保卫科，让余明德拘留他。他殴打女人，造成流产，完全够拘留的份。当然，你们未婚先孕也不对，是吧？马尕娃突然提高了声音，道：“黄建疆你好大的胆子，居然把李红柳的肚子搞大了，你这是耍流氓，这要在前几年可以判你流氓罪。”马尕娃本来是劝黄建疆的，不知道怎么搞的，提起了李红柳怀孕的事就来气，忘记了找黄建疆谈话的初衷。

黄建疆说，我和李红柳本来要结婚的，是你连长不给我分房子。再说，我把李红柳的肚子搞大，难道李军垦就可以把她的肚子踢炸？马尕娃说我不是这个意思，我是来找你谈工作的，我才懒得操心你把谁的肚子搞大呢。

黄建疆愤愤不平地走了，临走给马尕娃撂下了一句话：“我不会影响工作。”

马尕娃说：“你打架难道不影响工作？”

黄建疆说：“放心，我打架会在农闲的时候，不影响工作。”黄建疆边走边说：“我准备打断李军垦的腿，第二年开春腿就好了，不耽误他参加春耕生产。”

马尕娃拍着大腿，喊：“黄建疆你真是个混蛋。”

后来，黄建疆真的就打断了李军垦的腿。黄建疆一直等到秋后才找李军垦算账。那是初冬的一个清冷的晚上，黄建疆选择这个时候找李军垦算账，是精心策划的。首先，这是兵团的冬闲日，兵团人在冬天除了挖排碱渠，基本上没啥赶季节的活，在冬天打架黄建疆信守了不影响工作的承诺；其次，黄建疆选了一个晚上找李军垦算账，在白天肯定不行，黄建疆带几十人去 26 连占不到便宜，26 连的人不可能眼睁睁地看着黄建疆打人；最后，黄建疆选择了新疆第一场寒流到来时去找李军垦。

寒流到来，新疆开始冬季取暖，兵团人取暖一般都是燃煤，土炉子，烧火墙。黄建疆在一个寒冷的夜晚神不知鬼不觉地去了 26 连。他纠集了好几十人。当黄建疆率领着由几十辆自行车组成的夜袭队，穿过 128 号林带，向 26 连进发时，他觉得自己就像一位统率千军万马的将军，心中充满了壮志豪情。黄建疆悄悄把李军垦的宿舍包围了，不破窗也不砸门，让郭建华上房把烟筒堵了。当时，李军垦宿舍里的人并没有睡，大家正打扑克。炉子开始倒烟，不一会就把大家呛得坐不住了，打开门纷纷向外逃。黄建疆在门口堵着，出来一个按倒一个。

李军垦为了防止黄建疆夜袭，早已把宿舍搞成堡垒了。黄建疆硬攻根本进不了房间，可能会两败俱伤。黄建疆只有智取，采用了烟熏法，让你自己向外跑，这就是黄建疆选择取暖季找李军垦的原因。

李军垦是最后一个冲出宿舍的，一露头就被黄建疆用红柳棍打倒了。黄建疆把一群人押进宿舍，当着李军垦同宿舍人的面说："冤有头，债有主，我今天找李军垦算账，和大家没有关系，只要你们不乱动，我们不会动你们一指头。"大家听黄建疆这样说，也就不怕了。黄建疆又说："你们给我做个见证，李军垦打了我老婆，还一脚踢死了肚子里的孩子，我不来找李军垦报仇还是男人吗？你们说，我该不该报仇？"

大家便齐声回答："应该。"

黄建疆笑着问李军垦，是哪条腿踢的？李军垦梗着头说，今天落在你手里了，要杀要剐随便，少他妈的废话。黄建疆一棍就打在李军垦的右腿上，李军垦哎哟一声就坐下了。黄建疆说，你说说是哪条腿踢的？李军垦道，老子忘了。黄建疆又是一棍打在李军垦的左腿上，李军垦叫唤着躺下了。李军垦同宿舍的人蹲在那里，每个人身后都有两个斜眼兄弟监视着，大家十分惊恐地望着李军垦挨打，谁也不敢帮忙。黄建疆打倒了李军垦，没想到李军垦不但不求饶，嘴还硬着。站在一边的艾力江忍不住了，上去对着李军垦的双腿一阵乱棍，都是狠手。李军垦开始还喊，后来就安静了，昏了过去。

黄建疆说我本来计划只打断他一条腿，可他不告诉我是哪条腿踢的，只有打断他两条腿，这也是无可奈何的事。我们走后你们可以报告保卫科，也可以把这个野种送医院。黄建疆说着向艾力江招了招手，撤了。

黄建疆走后，李军垦被同宿舍人送进了团部医院，比较惨，双腿多处骨折。

第二天，黄建疆被团保卫科抓走了，根据《中国人民共和国治安管理处罚条例》黄建疆打架斗殴，拘留15天，罚款30元，这是当年的顶格处罚。黄建疆把一切都自己扛了，他交代李军垦是他打的，这和其他人无关，带其他人去，是为了做见证的，他们都没动手。李军垦却说艾力江也打了，下手最狠。在保卫科去抓艾力江时,他却跑了,从此杳无音信。

黄建疆交代的都是事实，他简单地认为，打架斗殴大不了拘留，关禁闭，半个月照样被放出来。不过，这次黄建疆却没能出来，黄建疆赶上了“严打”。所谓“严打”是从1983年8月底开始的，一直到1986年底，历时三年，席卷全国，全称叫“严厉打击刑事犯罪分子”。黄建疆打断李军垦的双腿是在1983年11月底，正赶上了风头。最后，黄建疆在1984年春季因故意伤害罪被判刑五年。

黄建疆因打架获刑五年自然是不服的。黄世云和李幺妹两口子在这之前还想通过连长马尕娃找找关系，看能不能从轻处罚。马尕娃问了一下保卫科长余明德,得到的答复是:“黄建疆这次恐怕出不来了，团保卫科已经没有权力处理他的案子,他已经被正式逮捕,肯定要判刑。”余明德还告诉马尕娃，这次全国性的“严打”，我们兵团负责接收改造从全国各地送来的劳改犯，师里已经成立了劳改处，团里要成立劳改中队。

后来，团保卫科长余明德成了劳改中队的中队长。黄建疆运气不错，居然在余明德所在的劳改中队服刑。马尕娃曾关照余明德，照顾一下黄建疆，都是咱兵团人的下一代。

黄建疆和上海青年王福根在放水时曾经闲谝（聊天），说口里的劳改犯押送到远方，肯定会送到我们新疆；我们新疆的劳改犯押送远方就应该是口里。现在黄建疆真成劳改犯了，他没有被押回口里，被押进了塔克拉玛干沙漠，和全国各地的犯人一起服刑。他万幸落在了余明德手里，否则有他好受的。

事实证明，“严打”期间的犯人押进塔克拉玛干沙漠服刑是十分英明的。塔克拉玛干是什么意思？就是进去出不来的地方，人们通常称它为“死亡之海”。整个沙漠东西长1000多千米，南北宽400多千米，是中国最大的沙漠，面积仅次于非洲撒哈拉大沙漠。犯人在沙漠中服刑要想逃跑那就难了。

兵团的拾花女
我们的老母亲

只要你把腰挺得像玉米棒子一样硬
就可以获取姑娘的芳心

十二

我哥哥黄老斜那个混蛋打断了李军垦的双腿，本来就构成了故意伤害罪，再加上赶上了“严打”，活该被判了五年。就在黄老斜被判刑的这一年，我考上了大学，正是我娘李幺妹的四川老家，嘉陵江边的那所大学，不过，不是西南农业大学，而是西南师范大学。这也算圆了我哥哥黄老斜的大学梦，因为后来西南农业大学和西南师范大学合并了，成了西南大学。

我去看黄老斜，他还是那个熊样，对我爱理不理的。当我拿出大学“录取通知书”给他看时，他居然愤怒地站起来要走，说我在他面前显摆。我说：“好心好意来看你，希望你安心服刑，好好改造。”黄老斜听我这样说，火了，说：“听口气你像我哥，你考上大学有什么了不起，我不是眼斜，大学都要毕业了。”黄老斜这时终于明白是斜眼害了他，不是校长整他了。黄老斜开始埋怨我爹和我娘把他丢在地窝子里不管……黄老斜振振有词地说：“我凭什么好好改造，我打李军垦是因为他打了红柳，还踢死了我儿子，为什么李军垦不判刑？”

我说你就别提李红柳了，李红柳已经随父母回口里了。你就死了这个心吧，就是她害了你，要不是她，你也不会被判刑。你替她报仇，她却走了。黄老斜听我这样说，喊：“滚！滚！滚！……和你没法儿说话。”

然后，我被管教干部余明德喊出去了，说你不应该这样刺激他，要报喜不报忧，多说些他喜欢听的，让他安心改造，否则会给我们惹不少麻烦。

后来，黄老斜确实给余明德惹了麻烦，他居然越狱逃跑了。

当余明德得到报告，说黄建疆有逃跑迹象时，余明德问有什么根据。干警汇报说，有人揭发黄老斜悄悄地把馒头藏起来，不吃，晾干；他还偷偷找了几个饮料瓶，装满水，不喝。余明德笑了，黄老斜真够邪的，他日能得很，居然想逃出大漠。余明德对几个干警说："不要阻止，让他跑。"

干警都不明白余明德是什么意思。犯人逃跑是大事情，当队长的脱不了干系，余队长居然不阻止。

余明德让大家不要打草惊蛇，要跑就让他跑个试试嘛。

黄老斜逃跑是在晚上。一般情况下，犯人白天要押出去干活，在太阳快落山时押回来。由于余队长放任黄老斜逃跑，干警并没有特别注意黄老斜。当犯人押回牢房清点人数时，发现黄老斜不见了。干警报告了余明德，余明德冷笑了一下说，真是不见棺材不掉泪。余明德把地图拿了出来，用手比画了几下，说晚上都踏实睡觉吧，出了问题我负责。大家都一愣一愣的，觉得余队长太神了，不知道他葫芦里卖什么药？

有干警担心，万一黄老斜真跑了怎么办？余明德让大家放心，他跑不了。余明德叮嘱大家千万不要向上级报告，犯人逃跑是大事，上面知道后肯定会大动干戈。这样，到了年底我们中队就别想评先进了。评不上先进，谁都别想拿奖金。

大家听余明德这样说都不吭声了，觉得余队长比黄老斜还怪，透着邪行。

两天过去了，犯人开始私下嘀咕，说16号犯人越狱成功。大家说起此事都充满了激情，连看干警的眼神都不同了。干警向余明德报告，不把黄老斜抓回来，我们中队的犯人说不定会集体越狱。余明德听了像没事人似的，好像黄老斜被他派出去办事了，会自己回来。第三天中午吃过饭，余明德看看天上毒辣辣的太阳，招呼大家去接黄老斜。余明德还自言自语地说："这天，真不知道他能不能坚持到最后。我不怕他跑，我怕他渴死在大漠里。"余明德发动了吉普车，车上装了太阳伞、地毯、西瓜，还带了一面红旗，连旗杆都准备好了。有干警问要不要带枪？余明德说，带它干啥，老沉的，打谁呢？风沙大，回来还要擦。干警说万一黄老斜反抗怎么办？余明德笑："他反抗，他要是还能反抗，我也就放心了。"

余明德带领几个干警出发了，顺着沙漠公路开了一个多小时，然后停下打开地图看看，又开了20分钟。余明德把车停在了路边，说："就这了。"

大家四处望望，除了路边有一个临时的停车处外，没有什么特别的。余明德拿出望远镜站在路边向大漠方向观望了一下，说把太阳伞撑起来，把红旗插在太阳伞顶上。大家照着队长的命令做了。余明德把地毯拿下来，铺在太阳伞下，自己四仰八叉地往地毯上一躺，然后向干警喊："杀瓜吃，杀瓜吃。"

大家都云里雾里的，这是追逃呢，还是出来休闲呢，不明白。

余明德说不明白就对了，如果你们都明白了，这个队长该你们当了。大家就笑，坐下吃瓜。

大家吃过瓜，余明德说瓜皮别扔，留着有用。干警问瓜皮有什么用？余明德说难道你们没听维吾尔族人说过，大漠边上吃瓜，瓜皮要扣在地上，万一谁从大漠里走出来，这瓜皮能救命。干警笑笑，无语。余明德这时把扑克也拿了出来，说打升级，谁输了谁去抬黄老斜。几个干警觉得队长大白天说瞎话，是不是脑子出问题了，黄老斜在哪呢？可是，既然余队长要打扑克那就打扑克，反正天塌下来有队长顶着，小干警只听命令。余明德和三个干警打升级，让一个干警举着望远镜向大漠方向观察。余明德和干警的升级才打到5，拿着望远镜观察的干警就叫唤了，说余队长，沙漠方向有一个黑点。余明德说继续观察，我这把牌好，要坐庄。

不一会儿，干警又喊起来："我敢肯定是一个人，越来越近了，还向我们招手。"

余明德哈哈大笑，说，黄老斜那个傻子终于走出大漠了，毕竟是土生土长的新疆人，要是那些北京、上海的娃娃肯定走不出来。余明德手上的牌出奇的好，给对方剃了个光头。余明德把扑克一扔，要过望远镜一看，又笑了，说不是黄老斜还会有谁，别看他用囚衣包着头，在望远镜里他那斜眼都能看清楚。余明德指使两个干警去大漠里抬人，说好的，谁输谁抬人，没多远了，他已经快走不动了。

余明德把望远镜递给要去抬人的干警，那干警说："不用望远镜都能看到了，还用什么望远镜呀。"余明德就用肉眼张望，发现黄老斜正向红旗飘扬的方向蹒跚奔来，一边跑还一边挥舞着红布，张着嘴，做高喊状。大家也听不到喊的是什么，但肯定在喊救命呀之类的。

一个干警说："他还有力气挥舞小红旗，不用费劲去抬。"

另一个干警说："那不是红旗，那是黄老斜的裤衩，今年是黄老斜的本命年，队长你特批的，黄老斜可以穿红裤衩。"

余明德又哈哈大笑起来。

黄老斜在离公路还有一百米时，一个狗吃屎栽倒在沙子里，泛起的沙尘被一阵小旋风刮走了。余明德喊："快去抬，快去抬人。"两个劳改干警向黄老斜奔去。

黄老斜被抬到太阳伞下像个死猪似的，一动不动。余明德用手试试黄老斜的鼻息，呼吸顺畅。余明德说："死不了。"黄老斜这时居然睁开了那斜眼，喊："水，水，水……"余明德就递给黄老斜一块瓜皮说："没有水，只有这，还是我们吃剩下的。"黄老斜哪管这些，躺在那里抱着瓜皮大啃起来。几个干警围观，哈哈大笑。

黄老斜啃了两块瓜皮，还要。余明德说没有了，有两块瓜皮就不错了，这是大漠，瓜皮是宝。黄老斜摇了摇头，昏睡过去。

关于我的哥哥黄老斜逃跑的事有几个版本。有人说，余队长不但拉了西瓜，还牵了羊，在公路边杀了羊，炖着，让香气向大漠深处飘荡，让黄老斜闻香寻来。还有的说，余队长带领了几个女狱警，让警花在沙漠边唱歌，黄老斜顺着歌声寻来。我分析了一下，无论是闻羊肉香还是闻女人唱，都不靠谱。声音和味道在大漠中都不可能传得太远。大海是无风三尺浪，大漠是无声三级风，声音和味道早被大漠中的气流冲散了。插红旗最有可能，色彩在大漠中是极为鲜艳的，在太阳伞上飘扬的红色之旗和我哥哥黄老斜手中的红裤衩刚好相互呼应，互相辨识。

只是，我哥哥黄老斜逃出大漠不像是逃跑，有点像野外生存训练。一个犯人又不可能搞野外生存训练，这样，黄老斜的逃跑就显得荒诞和滑稽了。

黄老斜缓过来后第一句话就是："余队长，我逃跑你都不追，太不负责任了。"黄老斜这样说有些不符合一个逃犯的身份。他居然指责余明德不负责任，说："有你这样的劳改队长吗？我坐在沙包上举着红裤衩等了你一整天，连个鬼影子都没有。”

余明德捂着嘴笑，说：“怪不得让我在公路边等了这么久，升级都打到 5 了，以你的行进速度，不应该这么慢呀。我还犯嘀咕呢，难道是我高看了黄老斜？万一他逃不出大漠，死在里面，我可怎么向上级交代呀。”

黄老斜诉苦，说我逃进大漠的第二天就弹尽粮绝了，再节约用水，也不够喝呀。我当时就后悔了，为啥跑呢？我就想余队长肯定会带人来追我的，说不定还带着警犬。咱们兵团的装备那么好，犯人逃跑是大事，说不定天上还有直升机。

余明德说：“你做梦吧，我根本没有向上报告，省得上级为了你劳民伤财。”

黄老斜恨恨地问余明德，你就这么看不起我，我越狱你都不向上级报告。我在沙丘坐等了大半天呀，我要不是等你，早就走出大漠了。碰上你这么不负责任的劳改队长真倒霉，你这种不负责任是要害死人的。

余明德问：“下次还跑吗？”

我哥哥黄老斜愣了一下，回答：“我跑了吗，我是解手时掉队了，我掉队后你们居然不找我。”

余明德哈哈笑了，然后对大家说：“听到没有，16号犯人黄建疆是掉队走失，不是逃跑。大家要统一口径，不要乱说，谁乱说谁负责。”大家都点头。

看来，余明德对我哥哥黄老斜真是法外开恩了，如果认定黄老斜是越狱逃跑，被抓回来肯定是要加刑的。既然双方都不承认，又没有向上级报告，这事就按黄老斜掉队处理了。后来，余明德让黄老斜给全体犯人搞了个讲座，讲讲他的大漠历险记。黄老斜当着犯人的面口若悬河，滔滔不绝，他讲了一上午。据说，效果出奇的好。由于黄老斜说到得意处满嘴跑火车，居然还说漏了嘴。

不发枪算了
老子有红柳棍

兵团的西瓜地
我们的游乐场

十三

余明德让黄建疆给犯人讲座是让其现身说法，这是经过深思熟虑的。只是，黄建疆上来就说漏了嘴了。黄建疆说，当时我后悔呀,我才判了五年,我为啥要逃跑,我是个勺子（傻子）嘛。五年就算我上了大学了，大学毕业我还不到三十岁呢嘛，要是我死在大漠里，多冤呀。风一吹，沙一埋，成了干尸。几千年后，我出土了，后人把我这个木乃伊放在桌子上解剖研究，最后得出一个结论：几千年前的人类，眼睛都是斜着长的，这是为了狩猎，需要眼观六路耳听八方……

当时，全体犯人哄堂大笑，黄建疆显得十分得意，他就是一个哗众取宠的家伙。

这时，就有犯人提问了：“你到底是逃跑还是走失？”

黄建疆回答：“我是走失呀。”

犯人说：“你刚才明明说自己是逃跑。”

黄建疆愣了一下，真想扇自己一耳光：怎么说漏嘴了？不过，黄建疆很会狡辩，把手一挥回答道，我刚才那是一种夸张的说法。我就是想提醒各位不要逃跑，真的是跑不出去呀。别说还有武警带着警犬跟踪追击，即便是没有人追逃，你也逃不出去。逃跑就等于判了死刑。我们现在都是有期徒刑，为什么自己判自己的死刑呢？我一个新疆土生土长的兵团人都跑不出去，你们都是大城市来的，那就更跑不出去了，这就像我去了北京、上海也找不到家一样。在大城市找不到家可以问警察，死不了；在大漠中找不到路问谁去？那就死定了。我在大漠中只有一个念头，一定要走出去，绝不能死在沙漠里。我一直向着东方向着太阳升起的方向前进，因为我知道塔克拉玛干沙漠有一条公路将沙漠拦腰切断。我们在公路的西边，我只要向东方走，找到了公路就能活命。我虽然眼斜，在大漠中的方向感肯定是最好的，不是吹的，指南针都没我准。指南针碰到了地下矿脉就麻哒（麻烦）了，它会乱转，晕头转向。我不怕铁矿，我怕没水。不瞒大家说，我连自己的尿都喝完了。在沙漠中尿是最好喝的，还甜丝丝的，我怀疑自己有糖尿病……

犯人又被黄建疆的糖尿病说逗乐了，口哨声四起。黄建疆是一个人来疯，可以说他也是一个演说天才。黄建疆说："就在我快不行了的时候，我爬上了一个沙包，突然看到了一面迎风飘扬的五星红旗。天哪，我当时热泪盈眶，啊，我的祖国，我的亲娘，俺有救了！"

余明德这时带领干警鼓掌，犯人们却哄堂大笑。

余明德很没面子，严厉地斥责道，你们笑什么？安静。有犯人道，黄建疆太矫情了，明明是一个犯人，却把自己当成一个党员了。啊，我的祖国！这是一个犯人的抒情方式吗？我们都是祖国母亲的坏孩子。母亲正生气，即便在沙漠中她也不愿意理我们。

黄建疆说，我虽然犯了错误，但我很爱国呀，爱这片大漠，我死也死在这里。当然，死是今后的事，眼前我还要活着。

我当时连忙用舌头把泪水舔了，我身上的每一滴水都十分精贵，我不能让泪水白白掉进沙漠里，掉进去就找不着了。我连滚带爬地下了沙包，向着五星红旗奔去。为了表示我不是坏人，我手里也必须有一面小红旗，这样大红旗下的人才会来救我。我把红裤衩脱了下来，撕开成片在手里挥舞着，挥舞着……向着五星红旗奔去。然后，我就觉得自己突然松弛了，有一种幸福感油然而生，我幸福地把眼睛一闭，就啥也不知道了。

应该说黄建疆的现身说法在余明德管理下的劳改中队影响深远。后来，余明德所在的劳改中队居然没有任何人逃跑了，这和其他中队犯人不断逃跑完全不同。

顺便说一下，当时余明德插在太阳伞上的并不是五星红旗，五星红旗那是国旗，只有在严肃的场合才会打出来，余明德插的红旗只是一面普通的红色旗。黄建疆说是五星红旗，显然是为了煽情。

师里的劳改大队让余明德介绍经验，余明德说，那些从北京、上海、广州押来的犯人，哪个不想跑，都觉得自己冤枉，这是所有犯人的通病。认为自己冤枉就不会伏法，就不会安心改造，就有逃跑之心。如果犯人都想方设法地逃跑，我们可就防不胜防了。为了让大家死了逃跑之心，我必须让黄建疆试试。黄建疆是当地的，他都跑不了，其他犯人还敢跑吗？

余明德又十分有哲理地说，我让黄建疆跑，是为了让他不跑，是为了其他犯人不敢跑。

余明德说当我得到报告说黄建疆有逃跑的迹象时，我没有让干警去打草惊蛇，可能有人会说我放任自流，不负责任。其实，一切都在我的掌控之中。黄建疆是当地的犯人，他知道有一条沙漠公路穿越大漠，要逃跑必然向公路逃，上了公路爬上汽车，这事就成了。我是个老兵，我一看地图就知道一个人在沙漠中每天的行进里程。黄建疆是新疆土生土长的人，在大漠边缘长大，他小时经常去大漠中挖红柳根，打柴火，对大漠了解，有沙漠生存的经验。对于一个在大漠中有生存经验的人来说，黄建疆晚上不敢走，怕迷路；白天的正午也不敢走，太阳毒。黄建疆只有在天亮后还没到正午时和太阳偏西还没有天黑时走。我算了一下，黄建疆走出大漠需要三天时间，他带的水和干粮也只能支持他三天。当然，让我意想不到的是，他在大漠中等了我一天，等我追逃。他进了大漠就后悔了，不想跑了，没想到我没去追，我守株待兔了。后来，他还骂我不负责任，这就好笑了不是，一个逃犯居然盼望着追逃的人。

大家都笑。

关于黄建疆逃出大漠的事余明德向老战友马尕娃报告了，马尕娃带着余明德到了黄世云家，算是向家属进行通报。李幺妹和黄世云听说黄建疆越狱，吓了一跳。马尕娃认为余明德不向上级汇报黄建疆逃跑的事是正确的，这可以教育其他犯人，也给黄建疆留了一条后路，如果再加刑，黄建疆就真完了。当谈到给黄建疆吃西瓜皮之事，余明德说黄建疆后来还骂我没人性，明明车上有矿泉水，还有没开的西瓜，却让他啃瓜皮。黄建疆把我好心当成驴肝肺了，人在沙漠中走了三天，肯定是口渴难耐，这时你让他喝水，不把肺呛炸才怪。西瓜也不敢吃，这时的人吃西瓜是不吐籽的，西瓜籽会把他卡死。这时只能吃西瓜皮，想快也快不了，必须嚼，不能吞，这样既解渴还不会有危险。

马尕娃听了哈哈大笑，黄世云两口子一个劲地感谢余明德，说余明德想得周到。

后来，黄世云和李幺妹去探监。这时的黄建疆经历了大漠的生死考验，就像变了一个人，显得极为听话和诚恳。

马尕娃得知黄建疆在狱中的情况后，很高兴。说这就对了，劳改队是一个大熔炉，在那里面可以去掉他身上的邪气、罡气、戾气。黄建疆是我们兵团的二代，等他刑满释放，还让他回咱38连，还是一个兵团战士。国家对劳改新生人员的再就业有政策，政治上不歧视，实行的是同工同酬。要让刑满释放人员安心扎根边疆，安家立业。刚解放那阵，有十万劳改犯押到新疆，大部分都在我们兵团服刑，进行劳动改造。我们把那些国民党反动派都改造好了，还改造不好自己的孩子？

马尕娃后来说到做到，黄建疆出狱后又回到了38连，马尕娃给他安排了工作。

这时的38连已经有了很大变化，这些变化对黄建疆来说都十分重要。一、大部分上海青年都回城了，这是新疆兵团的一大损失。对于黄建疆来说，他最好的朋友王福根走了，他觉得寂寞，他觉得自己离现代大都市更加遥远了。上海青年对于新疆来说就像一扇窗，从那扇窗中能感受到大都市的现代化气息，这是“兵二代”的希望所在。黄建疆时常坐在一碗泉边想念着王福根，想念着那些上海青年。想着将来有钱了去大上海转转，看看他们。二、38 连的斜眼班解散了。当年马尕娃成立斜眼班是错误的，为此马尕娃受到了团里的批评，认为把一群斜眼的年轻人搞在一起，强化了他们对自己身体缺陷的认识，从而使他们自暴自弃，心理和行为上都会出现问题。打架斗殴，偷鸡摸狗，把一个连队搞得乌烟瘴气，直接影响了全团的风气。没有了斜眼班的黄建疆，他无论如何也成不了气候。三、李红柳回口里了，从此杳无音信。他父母当年虽然不反对斜眼女儿嫁给斜眼的黄建疆，却坚决反对女儿嫁给一个劳改犯。据说她曾经给黄建疆写过信，信写到了 38 连，被黄世云撕了。四、老连长马尕娃退休了。不知道为什么马尕娃当了一辈子连长，从来没被提拔过。有人说因为马尕娃没有文化；有人说因为没人愿意到一碗泉来接他的班，太艰苦；还有人说因为马尕娃是个外来户，他不是718团的人，他是719团的，上面没老战友……无论是什么原因没被提拔，都已经不重要了，反正老连长马尕娃退休了。重要的是，在他临退休前安排了黄建疆的工作，让黄建疆刑满释放后获得了真正的新生。

马尕娃虽然给黄建疆安排了工作，却没有给黄建疆“身份地”。

黄建疆从监狱中出来后，兵团实行了联产承包责任制。每一个兵团人都有一份身份地，这有点像农村的自留地。只不过身份地比自留地大得多，每人15亩左右。在身份地里你想种啥种啥，不用上缴利润，身份地取代了工资。不发工资了，你要想有收入，就必须种地，自己养活自己。这个政策很绝妙，真正体现了不劳动者不得食的政策，把土地和兵团职工拴在了一起。如果退休了，要退还身份地，再拿退休工资，享受医保。除身份地外，你还可以多承包其他土地，这叫经营地，这需要上缴利润。承包多少经营地这要看所在连队有多少开垦的土地。38连在大漠边缘，开出的荒地有限，身份地分完了，上级又不允许再开荒，所以黄建疆再就业后，就成了一个没有身份地的兵团人了。马尕娃就鼓励黄建疆说：“没有身份地不可怕，你就承包一碗泉吧。人家有身份地，你有身份泉，这是一样的。”

黄建疆咧着嘴，一脸苦相，他想象不出在水中怎么种下粮食和果树。

这时，马尕娃神秘地对黄建疆说：“咱们爷俩有缘，你听我的没错，这一碗泉里有宝。”

马尕娃退休后回河南老家养老了，他给黄建疆留下了一句话：“一碗泉有宝。”

黄建疆牢记了老连长的话，把自己和一碗泉绑在了一起。在后来的很多年里黄建疆都没有搞清楚一碗泉到底有什么宝贝。黄建疆时常坐在一碗泉边发呆，一碗泉就像一面镜子能映出黄建疆的脸。这张脸已经饱经风霜，不再年轻，那眼就显得更斜了。黄老斜恨那斜眼，那斜眼害了自己一辈子。恨也没用，事情就是这么个事情，必须面对这张脸。一碗泉沉着冷静地聚在那里，不但映出黄老斜的脸，还倒映着蓝天白云，这一切比黄建疆的脸精彩多了。燕子在泉上飞过，发出啷啷啁啁叽鸣，就像要告知黄建疆一碗泉的秘密。一碗泉却波澜不惊，沉默无声，风吹起皱。

一碗泉属于黄建疆，是黄建疆的身份泉，可黄建疆在一碗泉里捞不到收入。靠喝凉水是填不饱肚子的。

黄建疆开始靠父母的身份地吃饭。父母退休后，住进了团部的社区。这些社区和大城市的社区没有什么区别，两室一厅，水、电、气、取暖、网络、闭路电视一应俱全。这些小区都起了响亮的名字，“井冈山”“南泥湾”之类的，告知了生活在这里的人的来历。黄世云两口子把积蓄拿出来买了一套，干了一辈子算是过上了退休养老的日子。黄建疆本来想继承父母的身份地，可等着继承退休人员身份地的职工多着呢。一份身份地代表一个人，兵团要发展，退出的地迅速就分给了新的兵团人。黄建疆是属于有身份的人，不是地而是一碗泉。这种绑定是一辈子的事，你不能反悔，一直到退休。

黄建疆的未来怎么办呢？这让人发愁。他谁也靠不住，只能靠自己，无论你悔恨还是怨恨都没有用。

远方的水是我们的精神原乡

远　水

第　二　部

青春的照片往往都是摆拍

十四

我哥哥黄老斜刑满释放那年，我也大学毕业了。我没有回新疆，在口里找到了工作。其实，当我离开新疆，坐上火车“咣当咣当”走了一个星期，到达那所嘉陵江边的学校时，我的心情和当年黄老斜一样的，我被山清水秀的四川震惊了。我心中暗暗下定决心，毕业了决不回新疆，决不回到戈壁滩上了。

也许我心中和黄老斜一个念头，我们凭什么被父辈献出去，我们兵团的第二代有自己的命运，我们要自己掌握自己的命运。

几十年之后的今天，我的感觉却发生了很大的变化。我心中时常会想起一碗泉，那地方成了我心中挥之不去的精神原乡，成了我心中的远水。那些在一碗泉出生的兵团二代，就像胡杨树的种子随风飘散，飘向全国，四处扎根，成就了一棵棵参天大树。我们这些失去联系几十年的一碗泉人，居然通过微信陆续找到了对方，并且建立了自己的群。我们的微信群叫：“天下第一泉。”

不过，黄老斜在天下第一泉之外又建立了一个群，叫“斜眼兄弟”。在那个群里他找到了过去的斜眼兄弟，这其中包括很多年没有联系的艾力江。“严打”那年，艾力江跑出了国，跟着亲戚学做生意。开始他在哈萨克斯坦，后来又去了土耳其，生意越做越大，发财了。在黄老斜的斜眼兄弟群里，艾力江无疑是最活跃也是最有钱的，他经常发红包，让斜眼兄弟群十分有人气。

黄老斜刑满释放后在 38 连再就业，后来娶妻生子，过上了正常的生活。

他娶了一位从四川到新疆拾棉花的姑娘，没想到这位“拾花女”也叫李幺妹。四川叫李幺妹的女孩太多了，黄老斜无法躲避。黄老斜也不忌讳，居然说和老娘同一个名字好，四川人称老婆为婆娘，不就是老婆和老娘的合称嘛，既有爱情也有亲情。我在电话中安慰我爹黄世云，李幺妹就李幺妹吧，反正此李幺妹不是彼李幺妹。黄老斜和李幺妹后来生了一个女孩，也就是我的侄女。当然不是斜眼了，黄老斜给她起名黄放水。我知道这是在暗中纪念他和李红柳放水的那一夜。这个混蛋欺负此李幺妹不知情呢。黄放水长大后认为名字太难听，让我帮她改。我给她改名黄雪水，因为她是兵团的第三代，是喝天山上的雪水长大的。黄老斜认为我是多此一举，黄雪水这名字却得到了侄女的认可，一直沿用至今。

小时候，黄老斜让黄雪水认维吾尔族朋友阿布拉为干爹，经常带黄雪水到阿布拉家走亲戚。黄雪水和阿英克村的维吾尔族女孩玩在一起，居然也学得能歌善舞。黄雪水长大后出落得如花似玉，成了真正的美女。她后来考上了北京中国音乐学院，琵琶专业。

一碗泉后来的连长是余明德的儿子余的水，他是我高中同班同学。我们一起考上了大学。李生曼校长曾经问过余明德，你儿子的名字应该是余德水吧？余明德翻着眼说，应该是余的水。可见，兵团人对水的敏感程度。余的水大学毕业后回到了一碗泉，在父亲余明德的建议下，到了38连工作。在马尕娃退休后，接任了38连的连长。

余的水在任期间对黄老斜还是比较照顾的。不过，他在黄老斜的面前经常说我的坏话，说我大学毕业不回新疆，是兵团的逃兵。这话传到我耳朵里，我只能一笑了之。

余的水现在是我们“天下第一泉”的群主。

由于黄老斜没有身份地，那身份泉属于远水解不了近渴。马尕娃所说的一碗泉里有宝贝，成了黄老斜心中某种希望和信仰，至于到底有什么宝贝，黄老斜在相当长一段时间都无法知道，也没有去理会。黄老斜要吃饭就找连长余的水要工作。余的水经常给他派一些连队的杂活。

余的水后来把黄老斜安排在奶牛场工作。没想到，老连长马尕娃当年一语成谶，黄老斜真的成了一名饲养员。马尕娃曾说黄建疆知道捋顺毛驴，将来肯定是一个好饲养员。黄老斜当时还不屑一顾呢。奶牛场是余的水主抓的项目，从口里买了二手的“荷斯坦奶牛”，然后给全团职工供应牛奶，赢利丰厚，为此，余的水后来被提拔为副团长。

余的水当了副团长后，把38连的奶牛场扩大了规模，从哈萨克斯坦直接引进了荷斯坦奶牛，建立培育基地，不但卖牛奶也卖牛犊子。在引进荷斯坦奶牛的过程中，黄老斜通过在国外的艾力江帮了不少忙。艾力江对哈萨克斯坦比较熟悉，也了解当地的奶牛价格，通过他的谈判，引进价格比国内的还要便宜，这让余的水十分高兴。余的水通过黄老斜把艾力江请回来观光，亲自陪同，敬若上宾。黄老斜也是陪同，觉得脸上十分有光。余的水认为黄老斜还是有能力的，居然在国外都有熟人，就任命黄老斜为奶牛场的副场长。这时的黄老斜如果好好干，可能会当场长。在奶牛场原场长被调走后，他还暂时主持了工作。也许黄老斜太想被提拔了，为了显示自己的能力，极大地提高奶牛场的经济效益，他煞费苦心地想出了一招。

黄老斜下令收购了一批普通奶牛，然后用染发水把杂色的奶牛都染成了黑白花。要知道一头荷斯坦奶牛的市场价几万元，普通奶牛的价格才多少？黄老斜把打扮成黑白花的普通奶牛卖给了客户，大赚了一笔。那些普通奶牛不久就杂毛再生，露馅了。其结果是，客户直接告到了师里，师长很生气，责令团里查。这还用查嘛，黄老斜脱不了干系。好在，黄老斜是为了奶牛场提高经济效益向自己脸上贴金，欺骗客户所牟取暴利都在奶牛场的账上，一分钱也没贪污，否则就可能二进宫了。

黄老斜虽然逃过了法律的制裁，却不能在奶牛场干了，被余的水撤职。

黄老斜没了工作，厚着脸皮又去找余的水，说自己虽然犯了错误，那也是为提高奶牛场的经济效益，你现在把我撤了，我又没饭吃了。余的水说黄老斜你干的好事，师长在大会上点名批评我。我现在也是全师的名人了，这都拜你黄老斜所赐。余的水还说："人家现在都不叫我余的水了，叫我余的牛。还说余的牛，真是牛，卖的都是牛魔王的子孙，有36种变化。黄老斜你说说，将来谁还敢买我们的奶牛，你给普通奶牛染发，你咋不给自己染成黑白花卖了。"

黄老斜说："我是个勺子嘛，为了给奶牛场提高效益，我给普通奶牛染发。我咋不想想，人染了发，时间长了白发还会长出来；牛染了毛，毛也会长出来嘛。人无远虑必有近忧呀。"

余的水望望黄老斜，哭笑不得，拿黄老斜没办法。余的水就问："你又来找我要工作，你还能干啥嘛？"

黄老斜回答："我啥都能干。"

余的水问："你会打炮吗？"

黄老斜愣了一下，说："余团长，你说啥呢嘛，我孩子都上大学了，怎么不会打炮呢嘛！"

余的水望望黄老斜，实在忍不住笑了，连忙把办公室的门关上，索性笑个痛快。黄老斜还不知道余的水笑啥。余的水趴在办公桌上猛笑了一阵，指着黄老斜的鼻子骂："黄老斜你个卖沟子的，你想什么呢？"

余的水后来通过微信告诉我，你这个哥哥太不靠谱了。要不是看在我们是同学的分上，我才不管你那个奇葩哥哥呢。

黄老斜后来当了炮兵班的班长，黄老斜这个官迷，官却越做越小了。

兵团的每个团都有炮兵，建立炮兵不是为了打仗，是为了炮击乌云。春夏的绿洲极端的强对流天气越来越多，经常会狂风暴雨夹杂着冰雹。那些冰雹有鸡蛋大小，一阵冰雹下来，棉田、果园全都完了。冰雹是兵团人的大敌，为此，兵团每年都采取人工消雹办法。建立了雷达站，严密监控，当雷达回波强度足够大时，表明该地区要下冰雹了。这时，要用高射炮和火箭弹对空射击。炮弹在高空爆炸产生振荡，干扰水汽抬升。这些特殊的炮弹含有碘化银，它会吸收冰雹中的晶体，从而“化雹”。

余的水问黄老斜会不会打炮，就是有心安排他去炮兵班打炮。黄老斜这个丢人现眼的东西居然想邪了。余的水的想法是:你黄老斜是斜眼，我让你向天上开炮，总不会打斜吧?

没想到黄老斜向天上看，眼一斜问题就更大了。地面差之毫厘，天上就是九霄云外。

黄老斜成为第6炮兵班的班长，配合他的是一群年轻人，都是38连的子弟。这样配置是为了整个炮兵班的协调，黄老斜毕竟当过奶牛场的副场长，管理过几十号人。一个炮兵班的管理对黄老斜来说不应该有问题。

第 6 炮兵班的阵地就设在 38 连，主要任务是将乌云赶出绿洲。全团有很多炮兵班，在乌云形成冰雹前，通过炮击将乌云向大漠方向驱赶。38 连在大漠边缘，被驱赶过来的乌云要路过 38 连，黄老斜要在冰雹降下前，将乌云向大漠方向继续驱赶，这要拿捏好时间，晚了，很可能就在 38 连上空降落了；早了，就会把乌云又赶回绿洲腹地。这就要全团的炮兵阵地配合，然后全师的炮兵阵地联动，才能保证一个地区的农田和果园的安全。这些都是有预案的。

可是，黄老斜不管这些，只要一发现乌云他就来劲，把所有的预案都抛到九霄云外了。他站在炮位上，喊出响亮的口号："坚决保护好 38 连的庄稼地！"这个口号让 38 连人高兴，因为往年 38 连总是雹灾最严重的。黄老斜当了第 6 炮兵班长后，38 连的雹灾明显少了。黄老斜指挥打炮时，全连人都来观看，这让黄老斜很来劲，他挥舞着小红旗，一声声地高喊：目标，乌云，火箭弹齐射。那些火箭弹拖着曳光，嗖嗖的，艳光一闪就消失在乌云里。人们听到云层上传来沉闷的爆炸声，这让看热闹的38连人欢呼雀跃。此刻的黄老斜感觉到了人生的辉煌，他举着小红旗，高呼："为了38连，开炮！"

黄老斜把所谓联防、联动都忘在了脑后。最关键的是，他还忘记了另外一条炮击的纪律，不允许向居民点上空打炮。因为居民点没有庄稼，降下冰雹对人不会构成伤害，如果有哑炮落到居民点，却可能击中行人，造成伤害。黄老斜在保卫38连的口号下，忘乎所以地一阵炮击，驱散了逼近38连的乌云，没想到真有哑炮落下，击穿了许大马家的房顶。

兵团二代长大了
也穿喇叭裤

行军结束，进入戈壁
搭起帐篷，垦荒营地

十五

黄建疆打炮不按操作规范，斜眼观乌云，只管38连的天空，把乌云又赶回绿洲深处了。38连基本没损失，可其他连队损失严重。这还不够，他把炮弹向着居民点上空发射，一枚有矿泉水瓶大小的哑弹直接穿过屋顶，落到了许大马的床上，并且击穿床板，落到床下，砸出一个直径12厘米的坑。好在，许大马去看黄建疆打炮了，要是许大马正躺在床上睡觉，哑炮直击许大马的肚子，必死无疑。

许大马外号叫许大马帮，他爹是那四个伤病员之一，同属马尕娃的老战友，长期担任38连的管理排长。许大马是38连一个难缠的人物，他找黄建疆算账，让黄建疆赔偿屋顶损失费和精神损失费。两个人打起了嘴皮子仗。

许大马拉着黄建疆，说："黄老斜你这个老斜眼，你咋打的炮？让你向天上打，你居然能打到我家的床上。你也忒斜了吧！"

看热闹的人哈哈大笑，就喊："黄老斜你真够斜的，高射炮打云彩都打偏。"

黄建疆说："许大马帮，你真有福气，天上掉馅饼的故事听说没？一个馅饼从天上掉下来，砸到谁，谁最有福气。馅饼才多少钱？一发炮弹上千元呢。你福从天降呀。不过，这只是个象征，你先把炮弹交出来，那是国家财产，我研究一下，看看上了底火还能不能炸。"

许大马大吃一惊，喊："你说什么，还能炸？要是在床下爆炸了，我不就粉身碎骨了。"

黄建疆说："粉身碎骨不要怕，都是为了咱庄稼。"

许大马喊："你少来这一套，忽悠我，一发炮弹 1000 元，这是你说的，你最少赔我 5000 元。"

黄建疆问为啥要赔 5000 元？许大马说，都是上千的东西嘛，修理屋顶 1000 元，修理我那高级席梦思 2000 元，精神损失费 2000 元。黄建疆说你抢人呀，你见过席梦思吗？你还睡席梦思，你家那个沙枣木板的老床，三里地都能闻到你的汗臭味。你去死，你死后我从上海给你快递一个席梦思，让你在阴曹地府中舒服去。

许大马说："黄老斜，你在我床上打炮，居然连一分钱都不赔。"

有人就嘀咕，说许大马不能收钱，在你床上打炮，再收钱，老婆不成了鸡了。听到的人都哈哈大笑。

黄建疆说："我打炮都是为了 38 连的庄稼地，你受点惊吓也要我赔，下次我把冰雹放进来，专门砸你的身份地。我反正没有身份地，我不怕。"

许大马知道在黄建疆那儿占不了便宜，可黄建疆的态度忒恶劣了，必须出这口恶气，就跑到团里告状。余副团长把黄建疆叫到团部，一阵臭骂："黄老斜你会打炮吗，你斜着眼，往哪打呀？ "

黄老斜回答："那是哑炮，这不怪我，我只负责打炮，出现哑弹是兵工厂的事嘛。”

“谁让你向居民点上空打炮的，你不知道操作规范嘛，在上岗前白培训了。”

黄建疆说：“当时的情况非常紧急嘛。”然后就充满激情地道，“在苍茫的大海上，狂风卷集着乌云。在乌云和大海之间，（炮弹）像黑色的闪电，在高傲地飞翔……”

“住嘴，你记性真好，在我这背中学课文呢。还‘在苍茫的大海上’，哪来的大海？”

“这叫活学活用嘛，沙漠瀚海也是海呀！”

余副团长望望黄建疆，无语。

黄建疆见余副团长不吭声，就来劲了，说：“不是吹的，我高中的成绩不比你差，要不是我这斜眼，要不是校长冤枉我，肯定能考上大学。我要是大学毕业回到兵团，说不定现在是你的上级。”

余副团长被黄建疆的强词夺理烦死了，他不想和黄建疆讨论过去，他只想讨论打炮的问题。可黄建疆却坚称炮打得没问题，这次冰雹灾害，38 连没有损失，圆满完成了消雹的任务。余副团长气不打一处出来，说38连没事，其他连队棉花地全完了。

“我又不是其他连的炮兵班，我只管咱38连。”黄建疆嘴硬，“自己的稀饭都没吹凉，咋去管人家碗里的。我首先要把咱38连的事儿搞好，才能去顾及其他连不是嘛！”

“你还有理了，咱团里的防灾预案是怎么定的？各炮兵班要团结一致，分工协作，你协作了吗？你是典型的本位主义、缺乏大局观念。”

“我又不是当官的，啥本位主义、大局观念俺不懂，我就是一个老屌丝嘛。当然，你要多培养我嘛，官当大了自然就有大局观念了，嘻嘻。”

“你还想当官？你笑掉我的大牙了，连个云彩都打不准，向天上打炮都能斜到人家床上，你还能干什么？我看你的炮兵班长也别干了。”

“那你让我干啥？”

“巡逻去。”

“让我加入巡逻队，有没有枪？”

“有枪也不发给你，用高射炮打云彩都打不准，还能打枪。发你一根红柳棍就不错了，你不是善用红柳棍嘛。”余副团长这是旧事重提，是讽刺黄建疆的，可黄建疆却觉得那是他年轻时的辉煌，便十分得意地笑了。

黄建疆后来去了巡逻队，班长也不让当了，只是一个队员。巡逻队有补贴，相当于协警了，可是发的武器却只是一根棍子。巡逻队进行了有针对性的训练，教练教大家练习用棍子对付刀子。黄建疆没有用发给他的棍子，那棍子太粗太笨，不趁手。黄建疆回家翻腾出了他的那根红柳棍。黄建疆判刑后，那红柳棍成了黄世云的锄头把子。黄建疆出狱后，把锄头卸了，把红柳棍留下，放在自己的床边，搂着红柳棍睡。结婚后，黄建疆把红柳棍收起来，放进了工具房。

当黄建疆再一次找出他的红柳棍时，已经年过半百。那棍也已经几十年了，呈现出一种暗红色，有了一层包浆，这让黄建疆很感慨。那红柳棍记录了他的青春岁月，他的荣耀和失败。

教练要过黄建疆的棍掂掂分量，连声说好棍。黄建疆也有自己用红柳棍的三板斧，挥舞起来让教练看了。教练说挺实用，然后教了一套棍法，让黄建疆练。黄建疆每天起床就在自己家门口练棍。一碗泉的老人见了，小声议论，说这黄老斜难道要重操旧业，又要打人家闷棍？谁惹黄老斜了？

后来，才知道黄建疆加入巡逻队了。

对于黄建疆来说，进入巡逻队最重要的是交通工具。巡逻队是民间性质的，官方有补贴，可是，交通工具要自己准备。由于交通工具不同，巡逻队就组织了几个分队，有自行车分队、摩托车分队、小汽车分队。每个分队都有既定的巡逻路线，每天必须完成巡逻任务。黄建疆没钱买摩托车更没钱买小汽车，黄建疆只能骑自行车。黄建疆年过半百，骑自行车十分辛苦，特别是在戈壁滩上，即便是铆足了劲也跟不上人家年轻人，真是岁月不饶人呀。黄建疆骑不动就三天打鱼，两天晒网的，经常请假。为此，黄建疆受到了警告，如果再请假将被开除出巡逻队。巡逻队的补贴对于黄建疆来说很重要，否则就没收入来源了。

黄建疆想起了毛驴车，要是赶着毛驴车去巡逻该多好。

毛驴车不烧油，成本低，装一袋草就能跑一天。赶着毛驴车巡逻也不累，铺上毡子，可躺，可睡；带上水和馕，有吃，有喝……要是带上两个西瓜，人吃瓜瓤，驴吃瓜皮。驴高兴，人也高兴。一天下来简直就是神仙游呀。黄建疆被自己的想法迷住了，他一个鲤鱼打挺从床上起来，给余副团长打了个报告，要求成立毛驴车巡逻队。黄建疆的报告写得冠冕堂皇：

“为了完善我团巡逻队的建设，我建议成立毛驴车巡逻队。我们现在有小汽车，有摩托车，有自行车巡逻队，急需毛驴车巡逻队。汽车走大路，摩托车走岔路，自行车走小路，毛驴车巡逻可走野路。毛驴车不用操心开车的事，属于自动驾驶。驴拉车，人观望，各尽其能，眼观六路，耳听八方，提高警惕，保卫祖国。毛驴车还不用烧油，环保无污染，可走戈壁滩，可以绕着大漠中的沙包转。这样，巡逻不留死角，不给恐怖分子任何可藏身之地。”

余副团长看了黄建疆的报告大加赞赏，认为可行。成立毛驴车巡逻队是一个不错的想法，悄无声息地巡逻，还具有保密性。余副团长决定成立毛驴车巡逻小队，任命黄建疆为小队长，让黄建疆自己“招兵买驴”。

黄建疆首先想到了野驴金花，要是野驴金花还在世该多好呀。野驴有耐力，习惯大漠，可长时间巡逻，可是，野驴金花早就死了。自从野驴金花发情在巴扎上惹了祸，勾引了阿布拉家的叫驴，给叫驴招来了杀身之祸，黄建疆再也没有让金花套过车，更没有带它赶过巴扎。野驴金花相当于被终身监禁了，它在马号里过上了被一群马歧视和性骚扰的日子。由于它野性难驯，高贵自恋，不从马辱，每每又踢又咬，经常伤马。后来，野驴金花被饲养员单独关进了驴棚。

随着年龄的增长，野驴金花绝望地发现要想完成传宗接代的任务已经不可能了。在老连长马尕娃退休回口里养老不久，野驴金花在郁郁寡欢中离开了人世。算下来，野驴金花前后活了近20年。以人的寿命来计，驴活一年等于人活七年，野驴金花相当于活了140岁。

上海姑娘来了，亚克西

十六

我哥哥黄老斜如果再离开巡逻队，他就真没有出路了。余的水在电话中告诉我，已经不知道给你哥哥安排什么工作了。没想到，黄老斜突然想到要成立毛驴车巡逻队，这让余的水眼前一亮，他自然是顺水推舟了。

黄老斜很想故技重演，在一碗泉抓一头刚生下的小野驴，可是，一碗泉由于人类的活动太频繁，早就没有野生动物出没了。那些野生动物知道了人类这种动物的厉害，躲进大漠再也不敢光顾一碗泉。

黄老斜就让阿布拉带着自己进了大漠，阿布拉放羊知道野驴的产崽之地。他们埋伏在野驴产崽之地不远，在小野驴生下来还没来得及吃第一口奶时，将小野驴抱走了，让野驴妈妈独自伤心。黄老斜把小野驴抱回来，学着当年的老连长，带着小野驴各家各户要奶吃。黄老斜还给小野驴起了一个名字，当然不叫野驴金花了，叫野驴红柳。

小野驴抓到了，还要养大才能拉车，这也属于远水解不了近渴。黄老斜就到阿英克村，在阿布拉的帮助下，买了一头老驴。老驴套过去的老车，黄老斜搞成了巡逻队的第一辆巡逻车。黄老斜带上他的红柳棍，赶着毛驴车在沙漠边缘，在那些开着红柳花的沙包四周进行了第一次巡逻。

开始，黄老斜一人一驴，后来队伍不断扩大，发展成了十来人的巡逻队。不过，这些巡逻队员都是他过去的斜眼兄弟，这成了过去 38 连斜眼班的翻版。

黄老斜把最现代的通信方式和最原始的巡逻方式结合了起来。毛驴车巡逻，手机微信联系，并在“斜眼兄弟”朋友圈实时发布各自的消息。那些大漠风光，那些戈壁奇花，那些沙漠动物，都是他们朋友圈的基本内容。黄老斜的毛驴车巡逻队并不成群结队，他们按照事先规划好的路线各自巡逻，各司其职。

黄老斜通过成立毛驴车巡逻队，把他的斜眼兄弟又集合起来了。有所不同的是，这些斜眼兄弟都已经年过半百了。

黄老斜的野驴红柳一年之后终于派上了用场，成了巡逻队的头车。野驴红柳和马尕娃的野驴金花一样，除了黄老斜外，不让任何人靠近。黄老斜把野驴红柳打扮得女里女气，让它神气活现地在毛驴车巡逻队的前头走，雄赳赳、气昂昂的。顺便说一句，这次黄老斜抓到的小野驴不是草驴，是叫驴。黄老斜给它取名野驴红柳，徐大马说黄老斜在怀念初恋情人——斜眼红柳。可是，野驴红柳是公的，黄老斜这是在搞同性恋呀。黄老斜听徐大马这样说，恨得想重操旧业，打他的闷棍。

上级来人，要检查工作，团里进行了巡逻队的队列展示，这有点阅兵的意思了。黄老斜的毛驴车队走在最后，却大出风头。毛驴车巡逻队让人大开眼界。斜眼驾犟驴，行进中别开生面，往往是驴梗着脖子铆劲儿向前走，人却斜着眼向右或者向左看，啊，东张西望，这才叫巡逻呢。大家望着毛驴车巡逻队欢欣鼓舞。当上级领导得知领头的是一头野驴时，惊得嘴都合不拢了。当天，黄老斜的毛驴车队和他的野驴红柳成了明星，有人发在朋友圈里，转发率直线上升，野驴红柳成了网红。

就在黄老斜得意忘形之时，网络上突然有人一声断喝，让黄老斜凉了半截。有人提出新疆野驴是国家一级保护动物，怎么能抓捕呢？逮到了居然还敢让其拉车，天哪，这就相当于让国宝大熊猫给你拉车一样。此留言一出，团里一下就慌了，不久，网友的各种留言都出来了，一片叫骂。

黄老斜又惹祸了。

团里连忙让黄老斜把野驴红柳放回大漠，并让余的水亲自主持了放归仪式，还拍了视频，在互联网上广泛推送。可是，野驴红柳头天被送回大漠，第二天就回来了。它在黄老斜家门口又踢又咬，把黄老斜喊了出来。黄老斜开门见是野驴红柳，百感交集，上去搂了，像亲兄弟一样，不，比见到他亲兄弟我还要亲。黄老斜连忙用最好的嫩苜蓿喂它，一边喂还一边和它聊天。野驴红柳吃饱后，自己回到驴棚睡大觉去了。

野驴红柳不走，黄建疆也不敢用它套车，只能让它整天跟着。黄建疆望着车后跟他一起巡逻的野驴百感交集。这是国宝，无价之宝，却不能卖，也不能用，还放不走，整天跟着我，白养着，这亏大了。难怪38连的人都嘲笑黄老斜，说黄老斜把野驴红柳当小三养，结果是个小鲜肉，砸手里了。

这时，团里却不依不饶，三天两头打电话给黄老斜，让黄老斜负责把野驴红柳放回大漠。可黄老斜无论把野驴红柳送出去多远，它都会跟回来，犟得很嘛。当余的水再次给黄老斜打电话，让黄老斜去团里一趟时，黄老斜有些气急败坏了。黄老斜把野驴牵上，准备交给余的水不管了，让余的水自己处理。没想到，余的水这次找黄老斜不是野驴的事，是马尕娃的事。

老连长马尕娃死了，骨灰让侄儿送到了团里。马尕娃留下遗言：要把骨灰葬在一碗泉边。马尕娃的侄儿找到了余明德，余明德给儿子余的水一说，这事一下惊动了团领导。团里研究决定，尊重老连长马尕娃的遗言，在一碗泉边选一块墓地，安葬老连长，而选墓地的任务就交给了黄老斜，因为一碗泉是黄老斜的身份泉。

黄老斜把墓地选在了一碗泉的西边，那是一块戈壁滩，没有可能开荒，地势较高，也不会被淹。安葬马尕娃时，团领导基本都来了，举行了隆重的葬礼。余明德和李生曼跪在马尕娃坟前老泪纵横，毕竟都是七老八十的人了，当年的五个伤病员如今也就剩下余明德和李生曼了。

后来，38 连的老人死了，都埋在一碗泉了。渐渐地，在老连长四周有越来越多的坟墓。老 38 连人一个接一个地去找马尕娃报到了。这些兵团的第一代死也不愿意离开新疆，离开自己曾经开垦过的那片土地。再后来，我爹黄世云也去世了，他也埋在了一碗泉。

我爹去世后，我曾经想把我娘李幺妹接回口里养老。她一身的病，毕竟口里的医疗条件好些。可是，我娘李幺妹回来住了半个月就不行了，闹着回新疆，并且说你要是想让我多活几年，就把我送回新疆；你要是想让我早点死，就把我留下。我娘把话说到这个份上，我只有把她送回新疆。我娘说，我现在不回去，将来也要回去，我死了骨灰也要埋在一碗泉边。在这里，我和我娘在表达上有一个习惯上的区别，我娘叫“回新疆”，而我却称之为“去新疆”。一字之差，表达了完全不同的归属感。无论是老连长还是我爹娘，他们已经把新疆，把大漠边缘当成了他们的归宿，一碗泉是他们的远水。

我娘回新疆后，我时常和她视频，保持着实时联系。在视频中我总是看到她和一群退休的老兵团人跳广场舞。整个广场人山人海的，热闹非凡，各种音乐声此起彼伏。一会儿汉族的流行曲；一会儿有维吾尔族人的冬不拉；一会儿汉族的大秧歌；一会儿是少数民族的胡旋舞。我问我娘李幺妹，你不怕暴恐分子吗？她的回答很坚定：

“我不怕，这是我家，在自己家门口，怕谁！”

于是，她就把镜头对着广场四周。广场四周有特警巡逻，四角都有装甲车，车上有武警值班，架着机枪，枪口朝向广袤的天空。我娘李幺妹说，这还不安全吗，有解放军保护我们。

其实，在口里大城市的广场上和人员聚集地，也有武警执勤。我娘习惯把武警称为解放军。

拾花女的微笑

十七

夏天，黄建疆的女儿黄雪水大学毕业回来了，这给黄建疆带来了好运。

黄雪水带回了男朋友李皓月，他是一个考古学博士。李皓月第一次来一碗泉，却对塔克拉玛干边缘的一切了如指掌，比我们当地人知道的还多，博士就是不一样。在这之前黄雪水曾经提醒过男朋友，我爹不太靠谱，你别听他瞎咧咧。李皓月虽然是考古学博士，却一点也不呆，有些幽默感。他说一个不靠谱的老丈人比较好玩，没有压力，被黄雪水掐了一下。李皓月和黄建疆居然一见如故。黄建疆热情地招待了他，并且把黄雪水的干爹维吾尔族人阿布拉请来陪客。阿布拉听说干女儿把男朋友带回来了，赶着羊来了。

阿布拉得知黄雪水的男朋友叫李皓月时，大加赞叹。

“李皓月嘛，就是我们维吾尔族人的‘阿依努尔’嘛。”李皓月问黄雪水什么意思？黄雪水解释，“阿依”是月亮的意思，“努尔”是光的意思，李皓月就是月亮光。李皓月听了黄雪水的翻译十分兴奋，认为阿依努尔这名字很有意思，将来网名就用这个了。

阿布拉念经是闭着眼的，宰羊也是闭着眼的。一把皮夹克（匕首）在手里玩得如绣花针样精巧，手法娴熟，上下飞舞，准确无误。一支烟的工夫就把羊收拾停当了。

黄雪水在一边用手机拍阿布拉的视频，李皓月在一边看呆了，就问阿布拉：“干爹，你宰羊不用眼睛吗？”

阿布拉笑着回答：“阿依努尔，我的眼睛里都是白云，根本看不清楚。我干脆就不看了，我心里长了另外一双眼睛。”

李皓月就上去看了看阿布拉的眼睛，发现有严重的白内障。李皓月说：“你的眼睛能治好，到医院做个手术就能看到了。”

阿布拉问："真的吗，怎么动手术？"

李皓月说："就是用小刀把你眼睛里的白云切掉。"

阿布拉张大了嘴巴，说："那不是要先杀了我嘛。"

李皓月哈哈笑，说："不是的，不用杀。把你杀了多麻烦呀，就再也救不活了。只需要打麻药，你不知道疼，当你再睁开眼睛，眼睛里的白云没有了，什么都能看到了。"

阿布拉说："那要花很多钱吧？"

李皓月说："花不了多少钱，两只羊的钱，你有上百只羊嘛。"

阿布拉摇摇头，就拿出了一个墨镜，说："我戴上这个就行，这是亲家送我的。上海货嘛，亚克西。"李皓月一看是一副老款的墨镜，那是20世纪80年代的流行货，是上海青年王福根给黄建疆带的。当年，黄建疆送了阿布拉一副，没想到阿布拉还戴着。黄建疆说："阿布拉放羊在外，戴着墨镜还白内障，不戴墨镜眼睛早就塌稀朗（坏）了。"李皓月当场把自己的墨镜送给了阿布拉，说过几天带阿布拉去医院做手术，做完手术戴上这墨镜，从此就再也没有白云飘进眼睛里了。阿布拉摇头不信："我每天看的都是天上的白云和地上的白云（羊），白云肯定会飘进我眼睛。"阿布拉接过李皓月的墨镜，戴上了，在那里叫唤："哎哟，这个墨镜戴上凉凉的嘛。"阿布拉戴着墨镜问："做了手术就可以看录像了？"李皓月说："当然可以了，别说看录像，看什么电视都可以。"阿布拉说："我的邻居一帮子人看录像，我的巴郎子（儿子）天天去看，拉都拉不住，激动得很嘛，我看不成。"李皓月说："你眼睛好了，就可以看了，战争的，武侠的，爱情的……也可以激动一下嘛。"大家都哈哈大笑。

李皓月告诉阿布拉，你不仅仅可以到邻居家看录像，还可以买个手机，在放羊的时候看。阿布拉笑了，说："现在都看手机里的人，不看眼前的人，我什么人都不看，只看羊。我的眼睛不行，没办法嘛，我有手机，只能打电话。"黄雪水说："干爹，你眼睛好了，我送你一部好手机，不但能看人，也能看羊，把羊都存在手机里，羊再也跑不了了。"

阿布拉说："要是那样就好了，我就不用操心那些调皮的羊了，天天睡大觉去。"

李皓月大笑，觉得阿布拉实在是幽默，还很天真。

黄雪水和他男朋友李皓月在新疆期间，带阿布拉到城里的医院做了白内障切除手术。在拆绷带那天，阿布拉高兴得什么似的，连声喊："看到了，看到了。"

只是，过了几天阿布拉牵着羊缸子（老婆）又找到了李皓月。

阿布拉握着李皓月的手说："你带我进城做了手术，我的眼睛能看到了，日合买提（谢谢），可看到的都是'希个'，怎么办？"李皓月问黄雪水希个是什么意思？黄雪水解释，"希个"就是两个，"比个"是一个。阿布拉说，看比个羊是希个羊，一群羊是两群羊，一个羊缸子变成了两个老婆。

李皓月就和阿布拉开玩笑："说这很好呀，一群羊成两群羊，你发财了；一个老婆变成两个老婆，你走桃花运了。哈哈……"阿布拉说，"不麦道（不行），杀一只羊却少了两只羊；卖一群羊，两群羊都没有了；一个羊缸子走了，两个老婆都没了，我怎么办嘛？白侃、白侃地亏了嘛！"李皓月和黄雪水听阿布拉这样说，都笑得不要不要的。

李皓月后来带阿布拉去医院检查，终于搞清楚了，阿布拉的白内障切除有问题，成了重影。医院领导把李皓月拉到一边解释，这个白内障切除手术是一个实习生做的，出现重影是我们医院的责任，希望不要把真相告诉他。这要是传出去，我们医院的声誉受损事小，影响到民族团结事就大了。你放心，只需要重新做个小手术，我亲自做，我保证他眼睛恢复正常。

李皓月哭笑不得，只有按照院长的意思，劝阿布拉再做一次手术。

这次的手术很成功，阿布拉终于能正常看羊，看羊缸子了。为了庆祝阿布拉重见光明，也算是为黄雪水和李皓月送别，在临走的那天晚上，阿布拉又赶着羊来了。阿布拉宰羊时还是闭着眼睛的。李皓月问怎么回事？阿布拉说，我睁开眼睛看不到嘛，只有闭上眼睛才能看到。李皓月吓了一跳，以为阿布拉的眼睛又出问题了。阿布拉说，宰羊要闭着眼，才能让羊肉香甜；看人要睁开眼，才能辨人的美丑。

听阿布拉这样说，李皓月放心了。这个博士对阿布拉佩服得五体投地，认为阿布拉简直就是现代的阿凡提。

当天晚上，一家人喝了一场大酒。黄建疆、李皓月、黄雪水、李幺妹加上阿布拉，三男两女共喝了6瓶伊力特，平均下来一人一斤多，真是酒逢知己呀。酒喝多了，黄建疆开始感叹人生，悔恨过去，觉得自己大半生过去了，一事无成，十分的失败。黄建疆回忆自己的前半生，一直追溯到自己的婴儿时代……一切都怪自己看错了地方，成了一个斜眼呀！

黄建疆感叹自己都年过半百了，连块身份地都没有，只有远水解不了近渴的一碗泉。老连长说那一碗泉里有宝，有啥宝呢嘛？我知道这是老连长忽悠我，他就是想让我守着一碗泉，不让走，不让走嘛。我不走，我也没想走，一碗泉是生我养我的地方，是我的老家，我能走到哪里去嘛。我将来死了也埋在一碗泉，埋在老连长身边。我活一天就巡逻一天，我眼斜打不了枪，我还有棍的嘛。那些暴恐分子要是被我碰到了，别想从我红柳棍下逃脱。

阿布拉就拉着黄建疆的手，说汉族人、维吾尔族人是一家人嘛，恰达克（麻烦）没有，恰达克没有嘛。暴恐分子不让我们过好日子，我们不能答应，不能答应。

李皓月也是喝多了，向黄建疆招招手，说："哥们儿，你过来，我告诉你一个秘密。"黄建疆凑上来，李皓月压低声音神秘地说："你听说过成吉思汗的财宝吗？"

黄建疆连连摇头。

李皓月说："有一个传说，当年成吉思汗把两马车金银财宝倒进了这附近的一个湖里，以备将来有不时之需。后来，成吉思汗死在征战的路上，那财宝就一直沉在了湖底……"

黄建疆一把抓住李皓月，问："附近的哪个湖？"

李皓月沉吟一下说："我也研究了很久，据我考察就在这一带。在这一带没有其他湖，只有一碗泉。"

啊……

在场的几个醉鬼，一阵欢呼。黄建疆一阵乱激动，喊着发财了，发财了，一碗泉是我的身份泉，那辆马车财宝都属于我的了。李皓月"嘘"了一声，示意大家一定要保密，不要轻举妄动。哥们儿，你就守住一碗泉，财宝迟早是你的，千万不要私自挖掘。黄建疆左边搂着李皓月，右边搂着阿布

拉说 ："是我的，也是你的，我们是一家人。"

哈哈……就像财宝已经到手了，大家欢天喜地，心满意足地睡觉了。

其实，李皓月说一碗泉有藏宝，那只是酒后之言，在那个为了告别的聚会上，大家都喝多了。

第二天，李皓月和黄雪水就走了。黄雪水在路上还问过李皓月，一碗泉里真有藏宝？李皓月说，看不出你也是个财迷,那不是酒话嘛,为了安慰你老爸我的老丈人。李皓月又说，当年老连长能靠一句话把你老爸留在一碗泉，我这是学老连长呢。你老爸这辈子确实很失败，要让一个失败的人心中充满希望呀!

黄雪水掐了一下李皓月，骂了一句 ："你太坏了，也忽悠人，不靠谱。"

可是，黄建疆却当了真。一碗泉中有宝藏，毕竟出自一个考古学博士之口呀。

对待荒地一定要稳准狠

十八

我侄女黄雪水带着男朋友去新疆，临走说了一句酒话，没想到黄老斜这个不成气的，居然相信了李皓月的酒话。在黄雪水他们走后不久，黄老斜再也按捺不住自己了。黄老斜通过微信又问了李皓月一碗泉藏宝之事。李皓月知道黄老斜当真了，连忙矢口否认，不承认自己说过这话。李皓月还说，我是一个考古学博士，不可能说出这么不负责任的话；如果说了也是酒话，酒桌子上的话，酒席一散就没有了。

如果李皓月认定一碗泉有藏宝，说不定黄老斜还心生疑虑。李皓月否认一碗泉有宝，而且是坚决而又慌乱地否认，这反而让黄老斜半信半疑了。到底一碗泉里有没有宝藏？要得到这个答案很简单，把一碗泉抽干不就水落石出了？反正一碗泉是黄老斜的身份泉，谁也管不了。

开始，黄老斜用两台抽水机轰隆隆地向外抽水，白花花的水流淌着，流进了旁边的排碱渠里。黄老斜蹲在湖边上，使劲睁大斜眼睛盯着一碗泉的水位，盯了半天，也不见水位下降。黄老斜就趴在一碗泉边，直到把眼睛看酸，眼冒金星，眼花缭乱，眼睛直流酸水。于是，黄老斜眼皮打架，趴在一碗泉边睡着了。

正在放羊的许大马走过来，抬脚在黄老斜屁股上踹了一脚，喊:“黄老斜你个勺子，你抽水干啥呢？”黄老斜一激灵，睁开眼睛，脱口而出：“抽干了，水抽干了？”黄老斜抬头去看水，还是满满的，不见水位下降，只能一声叹息。许大马说：“黄老斜，你有病啊？这一碗泉神得很，从来就没见它干过，你竟然想把水抽干。”黄老斜骂：“你管球我，我的身份泉，我想咋抽咋抽。在梦中都已经干了，你搅了我的好梦，都怪你。”许大马说：“你要抽干一碗泉的水，两个抽水机根本不够，我家还有两台抽水机，你要不要？”黄老斜望望水面说："要嘛。"

许大马问黄老斜一天租金是多少？

黄老斜就不愿意理许大马了。租两个抽水机，加上油钱，已经花不少钱了，再租两台抽水机，又要花钱。要是一碗泉里没有宝藏，那就亏大了。黄老斜从左口袋里摸出一个馕来，从右口袋抓了一把葡萄干，吃了起来，不语。

许大马说："你还带着干粮呢，看来是下决心要把一碗泉水抽干呀。你老实告诉我你抽水干吗？我可以把抽水机便宜给你用。"黄老斜大口啃着馕说："不告诉你，你爱租不租，38连也不是你一家有抽水机。"

许大马疑惑着自言自语："难道……这一碗泉里有什么秘密？"

黄老斜听许大马这样说，连忙摇头："那都是谣言，没有，没有，哪有秘密。我就是想捞点鱼，据说一碗泉里的鱼营养价值高。"许大马嘿嘿笑了："你真是个二球，脑袋被驴踢了，有这抽水的钱，能买多少鱼啊。"黄老斜说："你不懂，这一碗泉里的鱼，天然环保，无污染。"

许大马转身要走。黄老斜一把抓住了说："你别走呀，我们做个生意，你把抽水机借我，捞了鱼我们分，你到巴扎上卖鱼，肯定比抽水机的租金多。"

许大马说："我要现钱。"黄老斜说："你看这抽水机成天嗷嗷地叫着，这是烧油嘛，是烧钱呀，我哪还有钱，你抽水机的租金用鱼顶嘛。"

许大马嘲讽黄老斜这不是抽水，这是抽血，你就是有座金山，也会被抽干。一碗泉已经好久没有见过鱼了，你在一碗泉里捞鱼，做梦。许大马哈哈大笑着走了。临走了对黄老斜说："你要是租我家的抽水机就拿现钱，没现钱，一边去。"

黄老斜看着他的背影哼了一声，骂："笑吧，看谁笑到最后。"

两台抽水机抽了一天一夜，一碗泉的水下降了不少，可是再抽，水位就不动了。无奈中黄老斜把许大马的抽水机租来，发狠了，不分白天黑夜地抽，把排碱渠都灌满了。这样，一碗泉的水又下去了一尺，就再也不往下落了。

黄老斜玩命抽一碗泉的水，这惊动了38连的人，大家都来看热闹。但见黄老斜在一碗泉边摆着香炉，水果贡品，插着三炷香，装神弄鬼的。黄老斜跪在地上作揖磕头，嘴里念念有词："天灵灵，地灵灵，成吉思汗你显灵，只要退水现藏宝，日久天长供香火……"

大家渐渐围拢过来，想听黄老斜念什么咒，可黄老斜的声音却越来越小，只见唇颤动，不闻咒语声。有人就喊："黄老斜你抽水干啥？"黄老斜正跪着，斜眼看人，阴阳怪气，说："天机不可泄露。"

又有人喊："黄老斜，你拜错地方了，你现在是空拜，你应该去老连长的坟前拜，这才能显灵。"

黄老斜一听此话有理，老连长说一碗泉里有宝贝，应该让老连长显灵告诉我。黄老斜就把香炉和水果贡品收了，挪到了马尕娃的坟前，还买了一捆黄纸，一阵猛烧。这回念叨的内容也不一样了："天灵灵，地灵灵，老连长你显灵，告知泉中藏宝贝，逢年过节把纸烧……"

黄老斜在马尕娃坟前烧纸，火光冲天，烟雾缭绕的。那些灰暗的纸灰在风中像飞舞的蝴蝶向着一碗泉飘。黄老斜烧了纸回到一碗泉边，四台抽水机还在呼呼地抽，再看那水却纹丝不动。围观者就问：“黄老斜你烧纸不行，要烧人民币，这样老连长才能显灵。你看水位一点都没有下降。”黄老斜就没好气地骂：“你咋不死，你死了我给你烧人民币。”

这时，许大马心急火燎地来了，挤开人群，趴到一碗泉边，捧着一碗泉的水就喝。

“许大马，你勺子嘛，现在谁还喝一碗泉的水，一碗泉的水是苦水，喝多了得大鸡巴病。”

大家“哄”的一下笑了。

黄老斜恨恨地站起来说：“你们污言秽语，亵渎神灵，得罪老连长，我白烧纸磕头了。”

许大马大声喊道：“这一碗泉的水是甜水，甜水，不信大家喝一口。”

有人就到一碗泉边尝了一口，果然是甜水。

所谓甜水其实就是淡水，因为在新疆有太多的泉水是苦水，含碱，含盐，含氟，含各种矿物质，无法饮用。牛喝了会摇头，羊喝了会打喷嚏。

“黄老斜，你别拜了，老连长最好别显灵，你就拜托这一碗泉的水永远也抽不干吧。”

“许大马你什么意思？”

“平常我放羊，那些羊不喝一碗泉水里的水，也不喝排碱渠里的水，都是苦水嘛。”许大马说，“今天放羊，羊居然跑到排碱渠里喝水了，我很奇怪，尝了一下，排碱渠里的水居然是甜的了。排碱渠里的水都是黄老斜从一碗泉抽的，我就怀疑一碗泉里的水是甜的。一尝，还真是。”

黄老斜走到水泵的出水口，撩一把，尝尝，果然是甜水。

“黄老斜，你别抽了，”许大马说，“你把水抽进排碱渠可惜了，我挖好渠你再抽，把水都排进我家身份地里。”许大马见黄老斜不吭声，连忙说：“黄老斜，你把水引进我家身份地，我不收你抽水机的租金。”

黄老斜把嘴巴伸到水泵边，喝了一大口，然后仰天大笑：“哈哈，我明白了，我明白了。”

看热闹的人不明白黄老斜神神道道地搞什么名堂。黄老斜却跑着，把所有的抽水机都关了，然后跪拜不起。这次嘴里不再是念念有词了，却是大喊：“老连长呀，你终于显灵了，这一碗泉果然是宝呀，这水就是宝呀。我的一碗泉，我的身份泉，我 20 年没挣一分钱。老连长，你知道一碗泉是甜水，为啥不早说嘛。”

丰收的喜悦挂在脸上

干活的时候可以说说
心中的小秘密

十九

通过水文调查发现，原来一碗泉通着一条地下暗河，而这条暗河又连接着一个地下水库。

据有关媒体报道，地质工作者发现塔里木盆地北部边缘蕴藏了一个特大型“地下水库”，地下水年补给量高达 10 亿立方米，地下水储存量高达 360 亿立方米，相当于一个三峡水库的库容。

早在 1995 年，国务院就确定了一项新疆找水计划。承担找水任务的是新疆第一水文工程地质队。在阿克苏河流域做地质调查时发现，上游和下游在 30 年间的水量每年相差两亿多立方米。按常理，河道上没有地质构造运动产生的裂缝，也没有其他河流进入河道，河流上下游水量是均衡的。这每年两亿多立方米的水到哪里去了呢？这么大的水不可能被蒸发掉的。后来查明，水都通过西域砾岩渗漏了。原先都认为西域砾岩不渗水，通过研究发现西域砾岩不仅渗水，而且大量渗漏。由此可以断定，每年丢失的两亿多立方米水是通过西域砾岩渗漏的。在阿克苏河下游，这些西域砾岩连为一体，有上百平方千米，厚达数百米，一年吸水近两亿立方米。西域砾岩四周又被不渗水的砂岩包裹着，天长日久，这些西域砾岩就像一个巨大的海绵体，它吸足了水，而且是淡水。

这些水通过一条极小的裂缝和一碗泉连通了，又通过一碗泉在大漠边缘重见天日，滋养着塔克拉玛干的生灵。

马尕娃发现一碗泉时，当时大漠的野生动物都来喝水，用水量很大，再加上四周植被很少，蒸发量也大，夏季盛水期水质维持在说苦不苦，说淡不淡，时苦时淡的弱平衡状态，而冬季枯水期一碗泉基本就是苦水状态。一碗泉成了 38 连的驻地后，野生动物渐少，绿洲面积也越来越大，蒸发量大幅减少，再加上一碗泉水长期没有开放利用，这时的地下暗河和一碗泉之水保持着压力平衡，不取不入。一碗泉水长期不流动，聚在一个不大的水池内太久了，就成了死水。正所谓“流水不腐，户枢不蠹”，一碗泉水不流动，当然也就成了腐水。腐水不可饮，别说人饮用，连牛羊都不喝。当然也不能浇地，用那水浇地，土地板结，庄稼无法成活。

黄建疆用四个大水泵，抽了几天，水抽得越多，水涌入得就越多。一碗泉的水被换了一遍，成了真正的淡水。

一碗泉的水靠抽水机当然是抽不干的，除非地下水库干涸，除非地下暗河通过地质运动被封死。当然，38 连人只知道一碗泉水抽不干，并不知道一碗泉连通的是一个巨型的海绵体水库。

黄建疆发财了，一碗泉是他的身份泉，在退休前一碗泉属于他。他可以冠冕堂皇地卖水，一直到他退休身份泉被收回。

第一个来和黄建疆谈生意的当然是许大马。他带了一万订金，往黄建疆面前一拍，说黄老斜，这是一万订金，你收下。从现在开始我大量需要一碗泉的水，我连抽水机租金都不要了，你抽你抽嘛。我今天就去租挖掘机，从一碗泉到我家的身份地挖一条引水渠。

黄建疆斜眼望望那钱，不慌不忙地问："许大马，你要那么多水干啥？"

"种地呀。"

"种地不是有胜利渠的水吗？"

"胜利渠的水是有配额的，一个连一年供多少水都是有定量的。无论你怎么节约，水都不够用。"许大马说着递给了黄建疆一根烟，"现在只能逼着大家种旱作物，还要用滴灌技术，用水就像用油了。"黄建疆抽着许大马的烟，斜着眼听许大马说，觉得十分受用。烟黄老斜是会抽的，可从来不舍得自己买烟，抽许大马递的烟也是多年前的事了。许大马说："你也知道，由于缺水，我们大量种植棉花和果树。红枣、核桃都矮植化，把果树当成庄稼种了。现在口里的超市，红枣已经是白菜价了，这样种下去肯定卖不出去的。"

"那你要那么多水要种啥呀，养鱼都够了。"

许大马说："你说对了，我就是要养鱼。我要种水稻，种阿克苏香稻，然后在稻田地里养鱼。一碗泉的水是计划外水，没有配额。我用你的水完全可以种水稻嘛。我们阿克苏的香稻是闻名全国的，过去我们一团一直就种水稻的，否则怎么会挖那么多排碱渠。”

许大马所说的阿克苏香稻历史悠久，用天山上的雪水灌溉，一年一季，各种营养含量非常高，再加上昼夜温差大，那米是带甜味的。后期进行精细加工，价格是普通米的十倍。温宿县试种了一些，盒装，一盒也就三公斤，居然卖一百多，还供不应求。现在大城市的人都有钱了，主食吃得少，那就要吃最好。东北的五常大米早在市场上成稀奇货了，有钱买不到真五常大米。阿克苏香稻在全国成名比五常米早，由于新疆缺水，后来基本停止了种植。

许大马叮嘱黄建疆，千万不要告诉他人。许大马说：“你是没有身份地的人，我不怕你和我抢着种水稻。你要身份地干球，你也不用种地了，你有身份泉，那就是宝贝泉，永远抽不干。”

黄建疆把烟屁股扔到地下，用鞋底狠狠地把烟屁股踩灭，说：“要种水稻，那要用多少水呀，你有多少经营地？”

“70多亩。”

“加上你两口子的身份地30亩，总共100多亩。现在棉花地每亩一年下来，团里水管处要收300元水费。水稻地要翻倍吧，那就是600元。100多亩水稻地，刚好三万多元，多出来的我打折，给你抹了，一年就收你人民币三万元整。”

“黄老斜，你这是卖水呢还是卖油呢。收恁贵。”

“你啥意思，嫌贵呀，那你去找水管处，你告诉他们种水稻，看他们给你算每亩多少水费。你要是嫌贵，有人不嫌贵，有人还要开荒养地呢，需要大量的水。”

“谁敢开荒，现在不是不允许开荒吗？”

“你别管人家开不开荒，人家开荒是办了手续的，是合理合法的。”

“黄老斜，算你狠，就按你的价格。”

“我看你那抽水机也就不用拉走了，你要抽水机干球，送给我了。”

许大马说：“抽水机租金可以不要了，你连抽水机都‘米西’了，太黑了吧。鸡蛋送你了，你连老母鸡都不放过。”

“你那老母鸡都老掉牙了，你去卖卖试试，看能卖几个钱。”黄建疆笑笑，“老母鸡我当然不放过，我连鸡窝都要端来。”

“你啥意思？”

“一碗泉需要一个水泵房，这就是鸡窝，你盖了；再盖一间休息室，还要拉电线，不仅人要用，长期抽水要用电。这些费用将来都从水费中扣除。我要住在一碗泉边，守着我的身份泉，保证优先给你供水。”

许大马叹了口气，说：“都依你，谁让你有身份泉呢。老连长偏心，这一碗泉当年怎么不给我，要是成为我的身份泉该多好。”

“得了吧，身份泉没让我挣一分钱，20年了，要是你早不干了。”黄建疆一声长叹，“我现在都年过半百了，才知道一碗泉的宝是咋回事，再过五六年就退休了。我的一碗泉呀，一退休就不属于我了。”

许大马说：“到那时候一碗泉肯定会被连里收回，说不定被团里收回。将来用水又是配额制，到时候我的水稻又种不成了，我们要抓紧，发财就这几年的事。”

后来，黄建疆靠自己的身份泉卖水为生，收入可观，这正应了老连长马尕娃那句话 ：“一碗泉有宝。”

许大马在一碗泉边给黄建疆盖了两间漂亮的小木屋，一间是水泵房，另一间住人。黄建疆让老婆李幺妹把小木屋围成了院子，在院子里种菜、种花、种葡萄。黄建疆守着一碗泉过上了真正的让 38 连人羡慕的田园生活。

后来，许大马种的阿克苏香稻当然是供不应求了，38 连人就家家户户开始种水稻。稻谷被团里收购了一部分，精加工后包装成了礼品，那些从口里来的嘉宾，吃了新疆米直接打电话订购。

在沙漠边缘种水稻，需要大量的水，黄建疆的生意红火，卖水挣了不少钱。有了钱黄建疆就想嘚瑟着买小汽车开开，人家许大马都有车了。许大马为种水稻专门雇了工人，平常开着车下地转转，指挥着工人拔稻草 ；周末开着车带着老婆孩子到市里逛逛，美得很。黄建疆还不想退出巡逻队，冬天又不卖水，在巡逻队还可以挣补贴。黄建疆想买一辆小汽车开着，加入小汽车巡逻队，冬暖夏凉，比毛驴车当然高档多了。黄建疆喜欢巡逻，也愿意巡逻，巡逻能让人产生一种激情，挥发一种力量。有了这种感觉，人活着就有劲，腰杆就挺得直。巡逻让黄建疆感觉自己不仅仅是一个水贩子，还是一个屯垦戍边的兵团战士。这种精神的力量不但对黄建疆，对一碗泉边的人，对整个兵团农垦团场的人来说都很重要。如果只单纯地为了种地挣钱，那为什么一定要在新疆？为什么非要在大漠边缘那么艰苦的地方？哪里不能挣钱，完全可以像农民工一样回到内地工厂打工，没有沙尘烈日，没有霜冻寒雪。

黄建疆问许大马买什么车好？许大马告诉黄建疆，要买车先去学开车，拿了驾驶证才能开车，你以为是赶毛驴车呀，谁都可以？黄建疆让许大马教自己开车，许大马就让黄建疆上车，教他踩离合器，挂空挡。还有秘诀："一挡推，二挡拉，三挡没有四挡快。"

黄建疆用许大马的车练习了几次空挡，就去驾校报了名。

上了车黄建疆嘴里就念念有词的，去掰空挡，却被教练骂了。谁教你的，你知道这是自动驾驶的还是手动驾驶的？车型不一样，挡位不同，你胡掰啥？掰坏了你赔呀！黄建疆被教练骂了也不敢还嘴，就在心里怪许大马瞎教，今年的水费要涨价。

黄建疆后来被驾校开除了，还是因为他的眼睛。他坐直了开车总是跑偏，要想不跑偏，就得斜着坐，这让教练生气。一次教练带黄建疆上路，提醒前方有一个电线杆子，注意驾驶。黄建疆一紧张就把头扭向教练，这样他向右斜的眼睛才算正视前方，才能聚焦，才能判断电线杆子的正确位置。教练却让黄建疆坐正，抬头、挺胸、正视前方。黄建疆就坐正了身体，眼睛却是斜视的，一加油门对着电线杆子就去了，吓得教练中途跳车。黄建疆撞在电线杆子上了，把教练车撞得直冒烟。从此，驾校没有教练愿意带他上路了。

黄建疆被驾校开除，从此死了开车的心，这辈子只能赶毛驴车了。

二十

我哥哥黄老斜这个人不能给他一点阳光，给他一点阳光就灿烂。卖水挣了点钱就想买车，结果把教练车给撞了。这样的人要是开车上路，那还不是马路杀手。教练也够操蛋的，不去紧急制动，居然跳车。黄老斜撞了驾校的车，没有让他赔，有保险，可被驾校开除，学费却不退了。黄老斜就找驾校评理，说教练跳车在先，如果不退学费，将在网上写文章公开发微博。文章的标题都拟好了，叫“教练不顾学员死活，跳车逃跑；学员撞击电线杆子，酿成车祸”。后来，驾校愤怒地将学费退了，声称要通知所有驾校，坚决将黄老斜拒之门外，黄老斜这辈子就别想开车了。

黄老斜也不想开车了，他继续赶着毛驴车巡逻，车后跟着野驴红柳，这成了沙漠边缘的一景。黄老斜的巡逻路线是阿英克村和兵团38连的交界处，这条线路也是团里的重点巡逻线路。黄老斜精心挑选了这条路线，亲自巡逻，因为在这一带黄老斜会碰到放羊的阿布拉。无论是巡逻的黄老斜还是放羊的阿布拉，都把两个人的会面当成了一种享受。两个人可以在那棵老胡杨树下铺上毡子，席地而坐，生一堆火，烤肉，喝酒，野餐，谝闲话。这天，两个人都喝得微醺的时候，阿布拉的目光有些游离，欲言又止。阿布拉说："有个东西我不知道该不该给你看？"

黄老斜问："阿布拉我们是不是朋友，你是不是我家'克孜'（姑娘）的干爹嘛？"阿布拉回答："我们不但是几十年的朋友，也是亲戚。"阿布拉说着把手机递给了黄老斜。黄老斜接过手机，说:"你又换手机了，恁干闺女送的手机呢？"阿布拉叹了口气，说："干闺女送我的手机高级得很嘛，我的巴郎子看上了嘛，被他换走了嘛，这是巴郎子的手机。"黄老斜也叹气："没办法，孩子们总是要用最好的，老汉却用旧的。”黄老斜说着把手机递给阿布拉：“没办法，没办法。”阿布拉说：“我不是让你看手机，我是让你看手机里的东西。这个东西是巴郎子手机里的，我发现了。”阿布拉说着打开了手机里的一个视频：“我问巴郎子，巴郎子说是在邻居家看录像时录下的。”

黄老斜看了阿布拉的手机视频，倒吸了口凉气。黄老斜参加巡逻队时是有过培训的，这种录像看过，都是极端分子煽动恐怖袭击的内容。黄老斜问阿布拉巴郎子什么时候录的？阿布拉道，就是前几天。

黄老斜问：“你家邻居是什么人？”

阿布拉说：“我左边邻居是开小商店的汉人王长剑，右边邻居是放录像的买买提。买买提家一直都在放录像，他靠放录像收门票挣钱。过去都是中国香港的枪战片，还有武打的，我眼睛好了也去看过，他们开始放盒子每人收‘白希’毛（五毛钱），后来放光盘收‘比块’（一块钱），说光盘比盒子高级。巴郎子说，现在看录像不收钱了，由他家来的两个有钱的客人请客。不收钱嘛，要先看这种东西，然后再放其他录像。村里的年轻人都去看，不要钱嘛。”

黄老斜望望阿布拉，说盘子就是光盘，比录像带清楚。你手机录的这些东西“恰达克，突鲁、突鲁的”（麻烦大大的）嘛。

阿布拉也表示，这些东西不对嘛，汉族人和维吾尔族人都是一家人，我们就是一家人嘛。我拿来给你看，就是想问问该怎么办？

黄老斜就把视频转发到了自己手机上，拍着阿布拉的肩膀，说你立功了。你要是不告诉我，阿英克村要出事的。

阿布拉点头称是，就是要出事，年轻人看了，很冲动，要去砸王长剑家的小商店。我听到动静，出来把他们拉住了，说这家汉族人在阿英克村住了几十年了，你们没出生他们就来了，他们“恰达克，吆克”（毛病没有）。

黄老斜知道阿布拉说的邻居是河南人王桂荣。王桂荣已经去世，王桂荣的儿子王长剑一家还在阿英克，开了个阳光小卖部。黄老斜让阿布拉一切照旧，白天放羊，晚上可以和儿子一起去看录像。黄老斜说：“要是有人闹事，你就劝劝。

我要向上级报告，看看上级怎么办？”

当黄老斜把视频给余的水看后，余的水知道问题有些严重，立刻上报了师里。根据分析，那两个所谓的有钱客人十分可疑，很可能是境外渗透进来的极端分子。师里当天就启动了行动预案，开始布控。武警负责抓捕，民兵负责警戒，民间巡逻队把阿英克村围了几层。小汽车巡逻队、摩托车巡逻队、自行车巡逻队层层设防，黄老斜的毛驴车巡逻队在最外围的大漠边缘。

由于不知道极端分子是否有武器，为了防止伤及无辜群众，行动是在大清早进行的。这个时间段很多人都没有起床，买买提家也不可能放录像。武警对买买提家进行了突击搜查，除了搜查到大量的录像带和光盘外，没有发现那两个客人，而那些光盘是否有问题还需要时间审查。在现场审问买买提时，他说客人从来没有在他家住过。天黑来，放完自己带的光盘就走。包场嘛，一次就给普鲁（钱）两百嘛！

这时，黄老斜正赶着自己的毛驴车和野驴红柳在大漠的边缘，在那些长着红柳的沙包边转悠。由于村里有行动，黄老斜不敢掉以轻心，站在毛驴车上，手持红柳棍，四处观望，像一个古代的武士。

这时，黄老斜发现了情况，沙包后的那片红柳丛在无风中突然招摇，不一会就从红柳丛里大摇大摆地走出了两个背旅行睡袋的人。黄老斜当然也不认识那是什么旅行睡袋，反正是只有城里的旅游者才会背的那种背包。两个人出了红柳丛和黄老斜狭路相逢。他们十分意外，完全没想到大清早会有人赶着毛驴车在沙漠边缘闲逛。

黄老斜一蹦就从毛驴车上跳了下来，显得十分莽撞，也不问青红皂白，手持红柳棍虚张声势地大喊了一声：“站住，举起手来，缴枪不杀。”没想到那两个人笑笑，不慌不忙地放下背包，从背包里抽出了两把长刀。黄老斜一下就慌了，四处张望，不见一人，就差拔腿就跑了。黄老斜知道跑也跑不了，自己没有他们年轻，根本跑不动。逃跑只有死路一条。跑不了，只有拼命，既然拼命，还怕个球。这时的黄老斜反而冷静了，打开手机按紧了微信，大喊：“救命呀，快来呀，发现恐怖分子啦！”黄老斜这样发了个微信，觉得自己有失身份，不像一个巡逻队的队长，然后连忙又发了一条，“各巡逻队请注意，各巡逻队请注意……发现可疑目标，发现可疑目标……请求增援，请求增援……”

黄老斜这样一喊，两个持刀者犹豫了，转身要逃。

黄老斜怕人跑了，自己落下谎报军情的责任，就拿着手机“啪啪啪”地拍照。黄老斜后来电话告诉我，当时拍照就是为了留下证据，交差。他们真跑了，我也不敢追，他们两个身强力壮，手持长刀，我一个年过半百的老家伙，弄不过。黄老斜一拍照，那两人不跑了，知道留下了照片，四处通缉，出不了境，只有抢了手机，杀人灭口。

黄老斜见两个人又掉头回来了，端着红柳棍就像端着一杆大枪，大喊：“干啥，想干啥。我们的人马上就到。”

要是那两人从正面向黄老斜逼近，黄老斜就惨了，肯定招呼不过来，没想到两人从侧面向黄老斜逼近。按照正常情况，两个对一个应该从两侧上，让对方顾此失彼。关键是黄老斜的右眼是斜眼，你从侧面逼近，相当于从正面上来，他的斜眼正盯着你呢。会打架的人往往是指东打西，这说的是眼神。眼神先到，动作在后，往往是眼波一闪，棍子抡起。眼神和出击的方向是一致的。那两人从侧面攻击黄老斜，自以为得计，没想到碰到了一个斜眼观世界的。黄老斜出击看不到眼神，这样，右边那个就吃亏了，没任何征兆，就已经手起棍落，被一闷棍打在头上。右边的持刀人“哎哟”一声，就被撂翻了，长刀飞出好远。

黄老斜一棍就夯倒了一个，士气大振，自己也没想到对方这么不禁打。左边那位有些心虚了，他可能也没想到这老家伙手里的棍这么快，怀疑自己碰到了传说中的武林高手。他在黄老斜的面前挥舞着长刀，却不敢向前。那人在黄老斜正面舞刀，让黄老斜双眼无法聚焦，眼花缭乱。

既然对方舞刀，老子就弄棍。

黄老斜也就不管三七二十一了，挥舞着红柳棍，虎虎生风。毕竟红柳棍比刀长，舞着，居然用上了那套新学的棍法。如果你是一个旁观者，你会发现黄老斜那套棍法很是花哨，虽然不一定实用，却十分唬人，有点像武林高手。这种舞法只有在电影里才能看到。

就在黄老斜舞得兴起之时，被打倒的那位艰难地爬起来了。黄老斜挥舞着红柳棍把对手舞成了看客，把自己舞成了表演者，哪里还顾得上身后事。身后那人起来了，摇摇晃晃，弯腰弓背，猛地顶向黄老斜的后腰。黄老斜一个狗吃屎被顶翻在地，红柳棍脱手而飞。黄老斜挣扎着想起来，根本动弹不得，捂着腰叫唤。

黄老斜知道自己完蛋了，挣扎着抬头望望面前的驴。那头拉车的老驴还好好地套在车上，望着眼前的一切，无动于衷。

要不是野驴红柳，我哥哥黄老斜可能就牺牲了。

黄老斜没想到，野驴红柳突然发狂，“昂叽昂叽”地大叫，双蹄腾空而起，对着持刀人踏了过去。那人正要去砍黄老斜，被野驴双蹄踏翻。野驴红柳前腿踏后腿踢，这叫尥蹶子，而尥蹶子是驴的强项，那位用头顶黄老斜的人就更惨了。在这个过程中，野驴红柳还伴随着凄厉的尖叫，那叫声尖锐刺耳，让人心烦。闻讯赶来的人被眼前的情景惊呆了，一驴战二人，人却在地上打滚。

黄老斜见来人了，便歪在地上一声接一声地呻唤："哎哟，我的老腰哟，哎哟，我的老腰哟……你们咋才来，快扶我起来，我要再打他一闷棍。"

抗洪救灾
在干旱的新疆成了一种传奇

因为缺水
兵团人开始用地膜滴灌技术了

二十一

黄建疆被送进了医院，检查后发现腰肌伤损，骨头有裂痕，需要静养。医生让黄建疆住院，黄建疆却不干，说要卖水，一定要住进他的小木屋，躺着数钱好得才快。

黄建疆舒服地躺在小木屋床上，屋外哗啦啦地抽水。黄建疆把枕头下这几天卖水的钱又数了一遍，十分感慨。可以躺在床上挣钱了，这不就是时来运转了！黄建疆感慨人生，悔恨斜眼，望望四周明亮的窗户，就觉得那窗户刺眼。黄建疆给许大马打电话，让许大马把窗户封了。

许大马不明白为什么黄建疆要封窗户，黄建疆执意把左右的窗户都封了，要开天窗。还说当年地窝子都是开天窗的。

许大马说，当年地窝子都是半地下的，只能开天窗，这木屋好端端地开着窗，为什么封了开天窗呢？

黄建疆说："我小的时候不懂事，盯着地窝子的天窗看，把眼睛看斜了。现在我要从头再来，继续看天窗，把斜视的眼睛看回来。"

许大马恍然大悟，哈哈大笑："原来你是为了矫正斜眼呀，那行，我给你开天窗。"

许大马把天窗开在了右边，黄建疆又让许大马把天窗开在左边。许大马说黄建疆折腾人，开个天窗还分左右干啥，拿我许大马开练呀。黄建疆又骂上了，说许大马没安好心，我的眼睛本来就向右斜，你把天窗还开在右边，这不是越看越斜嘛。我现在躺着养腰，要天天躺着向左看，才能把这斜眼正过来嘛。

许大马听黄建疆这样说，觉得有理，又把天窗开在左边。许大马把黄建疆的天窗开好了，让黄建疆打折。

黄建疆说："许大马，我在养腰，正眼，你还好意思跟我讨价还价。"

许大马说："卖水这点钱算啥，你抓住了恐怖分子，有重奖。"

黄建疆笑笑："你瞎说。"

许大马就把手机给黄建疆看，说："你看嘛，你看嘛，百度上都有。"黄建疆接过许大马的手机，原来是《新疆维吾尔自治区群众举报涉暴恐犯罪线索奖励办法》。黄建疆把文件转发在自己手机上，说我要好好研究一下，看有没有奖励。万一真有奖励，我给你的水费打折。

黄建疆躺在小木屋里，没事了就盯着天窗看，看得老泪纵横。阿布拉背着褡裢来看他，见黄建疆如此，就说你很疼吗？黄建疆回答，疼是不疼，就是流泪。阿布拉摇头，流泪就是疼嘛。咱们去医院嘛，普鲁的有嘛。阿布拉说着就从褡裢里掏钱，一沓又一沓。黄建疆坐起来，问你哪那么多钱？阿布拉说政府奖励的嘛。

"什么？"

"奖励了五十万，我们一人一半。"

黄建疆这几天在小木屋早就把《新疆维吾尔自治区群众

举报涉暴恐犯罪线索奖励办法》研究透了，知道政府肯定要奖励阿布拉，因为是阿布拉举报的，而自己只是在完成一个巡逻队队长的本职工作。政府养着你巡逻队，抓住了暴恐分子要奖励，那说不过去。

黄建疆把阿布拉的钱又拾到褡裢里，说："是你举报的嘛，我不能要。我现在卖水有钱了。"

"是你抓住的嘛。"

"是野驴红柳抓住的。"黄建疆就把手机拿出来，把《新疆维吾尔自治区群众举报涉暴恐犯罪线索奖励办法》念给阿布拉听，特别强调了"群众举报"几个字，说："这是专门奖励你的，是你举报的。"

黄建疆虽然没有得到什么大额奖励，却给他发了一笔慰问金养伤。关键是我哥哥终于受到了他一生中的第一次表扬。有一面锦旗，还有证书。黄建疆喜欢显摆，把锦旗和证书通过微信都发给我看了。锦旗上绣着"大漠胡杨卫士"几个大字。证书的扉页上有一段话，不知道出自谁手：

"人们把兵团人比作胡杨，胡杨生长在人烟罕至的沙漠边缘，它自由、奔放、舒展、任性……生命力极为旺盛。也许它成不了栋梁之材，可它在沙漠中的生存本身就是一种价值。”

黄建疆把锦旗挂在了天窗上，天天盯着看，照样看得眼酸流泪。

毛驴车巡逻队的队员们都来看黄建疆。黄建疆躺在床上也没有忘记发号施令，决定好好奖励一下野驴红柳。他指示毛驴车巡逻队全部换驴，换成适龄草驴，让野驴红柳妻妾成群。黄建疆说：“这些草驴都是野驴红柳的老婆，它想上谁就上谁，谁也不能阻拦。”黄建疆又说：“国宝不让拉车，没说不让配种呀，将来我们用二转子驴套车，看网友还说啥！”

大家听黄建疆这样说都笑了。

黄建疆抓住了两个极端分子算是立了功，可是这件事情却没有完。据那两个极端分子交代，偷越边境的还有其他人，恐怖分子在大漠中建立了培训基地。他们只负责招人，招到后，会有人接进大漠中。培训基地建立在一个极其隐蔽之处，他们也不知道在什么地方，需要送人时，就在那棵老胡杨树下接头。

这个口供太重要了，反恐指挥部决定采取钓鱼的方式，让那两个极端分子留言，然后在老胡杨树四周埋伏。可是，武警包围阿英克村动静太大，已经打草惊蛇，在那胡杨树四周埋伏了几天，也没见人来接头。兵团民兵马上对大漠进行了拉网式搜查，连无人机都出动了，可是，茫茫大漠就如茫茫大海，大海捞针，根本找不到所谓的培训基地。

找不到培训基地，就在大漠边缘布控，还配发高倍望远镜，严防死守。由于在大漠边缘无路，汽车、摩托车、自行车都无法巡逻，这样，黄建疆的毛驴车巡逻队就受到了高度重视。团里增加了经费，让黄建疆扩大队伍，招兵买驴，由一个小队，扩编成一个大队，黄建疆任大队长。为了解决大漠边缘手机信号弱的问题，不但让电信部门增加了信号强度，还配备了北斗定位系统。

黄建疆指挥着毛驴车巡逻队，沿大漠一层一层地巡视，不放过任何可疑之处。考虑到黄建疆的腰还没好利索，他就在小木屋里指挥巡逻，还可以卖水。38 连人都说黄建疆老了老了却时来运转了，牛了，居然可以一边挣钱一边保卫边疆。黄建疆说：“我可没有那么伟大，我保卫的是自己家乡。一碗泉要是被恐怖分子破坏了，我就无家可归了。”

每当天黑，毛驴车巡逻队收队后，在黄建疆的斜眼兄弟群里，艾力江就会给大家发红包。艾力江说大家巡逻都辛苦了，我在遥远的土耳其慰问大家。艾力江的红包赢得了斜眼兄弟的欢呼，当黄建疆问艾力江什么时候回国时，艾力江在群里宣布：“国内刚好有个项目，过几天就回来。”这让黄建疆和大家都十分高兴。

艾力江来到黄建疆的卖水小屋是在一天下午，黄建疆当时正躺在床上，望着天窗矫正眼睛，泪流满面的。艾力江进了小木屋，黄建疆见了一激动想起来，没想到把腰闪了一下，疼得龇牙咧嘴的。艾力江把黄建疆按在床上，让黄建疆别动。问有这么疼吗？看你哭成这样。黄建疆不好意思地笑了，说我这可不是疼的。黄建疆望着艾力江西装革履的，手上的大钻戒晃眼。黄建疆说：“你回来也不告知一声，我好去机场接你。”艾力江说：“我知道你腰受伤了，怎么好让反恐英雄去接呢。”黄建疆说：“什么反恐英雄，你讽刺我的吧，咱们是兄弟，这样说话就没意思了。”艾力江就拍着黄建疆笑。黄建疆问这趟回来有什么大生意，让兄弟也沾点光。艾力江神秘地告诉黄建疆，这次回来专程找你，让你发大财。黄建疆坐起来，兴奋地问：“什么大生意？”艾力江回答：“买你的水呀。”黄建疆说：“买水算是什么大生意。”问艾力江买水干啥？艾力江说：“我在沙漠边缘开荒。”黄建疆笑了，说不可能吧，现在不允许开荒了。艾力江神秘地说：“那就看开荒干什么了，我开荒不是为了种地，是为了改变塔克拉玛干大漠的生态环境。”黄建疆翻了翻白眼，不知道改善生态环境那是多大的项目。艾力江说：“我干的是大事，那可不是几千亩地的事，那么大的沙漠，如果都变成了绿洲，可以养活几亿人。过去因为没有水，国家想干也干不成，现在有你的一碗泉了，水永远也抽不干，这件事就可以启动了。”黄建疆被艾力江说得云里雾里的，心里一点底都没有，完全觉得两个人不在一个频道上。

艾力江见黄建疆一脸的懵懂，就笑了，说现在和你谈这些你也不懂，这都是国家战略。这个战略需要有人去投资，需要有人去实施，我在国外已经联系了大财团，投资没有问题了，我就是带着资金来实施的。黄建疆问带了多少钱？艾力江说第一批启动资金几十亿吧。黄建疆张大了嘴，觉得是天方夜谭。艾力江说："你知道吗，无论是土耳其人还是哈萨克斯坦人，在古代很大一部分都是中国人。如果把塔克拉玛干大沙漠的生态环境改变了，这些人都会东归的，就像清朝时东归的土尔扈特人一样。"黄建疆越听越迷糊，说这些人干吗要回来？在国外好好的，有吃有喝还有钱。艾力江说："这是因为祖国强大了，要回来建设我们强大的国家，要实现中国梦。"黄建疆只有不语了，艾力江的话忒大了，也忒邪乎了。黄建疆觉得自己的心没有这么大，根本装不下这些，还犯晕。黄建疆心里只有一碗泉，这是他的家。

艾力江见黄建疆在那里疑惑着，便把密码箱摆在了黄建疆床上，"叭"的一声打开了，露出了一箱钱。艾力江拿起五扎向黄建疆床头随便一扔，说这是五万订金，你按一千亩地一年的供水量算。黄建疆笑了，觉得这才是真金白银。什么改变大漠的生态环境？什么国外人要东归？这些听起来太虚，有些像上传销课，大得没边，你却摸不着头脑。驴子嘴边的胡萝卜，到头来钱没挣到，被骗得倾家荡产。黄建疆在心中打定了主意，我才不管你干什么呢，只要你出钱，我就抽水。黄建疆在心中算了一笔账，一千亩地一年的供水量，按水稻田算，打了折也是五十万呀，在 38 连没有这么大的客户。黄建疆收了钱，脸都笑烂了，问艾力江什么时候供水？艾力江说明天就开始。黄建疆望望艾力江说："水往哪抽？"艾力江说："直接抽进排碱渠里。"

什么？抽进排碱渠里……

艾力江说："排碱渠不是干的嘛，通过排碱渠向大漠深处供水，省得再挖渠了。"黄建疆听艾力江这样说，笑了，说你艾力江想得真周到。过去种水稻，用大水压碱，通过排碱渠向大漠排碱。碱水会在大漠中形成一个碱水湖，我们都叫它海子。我曾经在那些海子里打过渔。现在采取滴灌技术了，排碱渠失去了功能，通过排碱渠向大漠供水，靠谱。

艾力江说："把水放进大漠，我们在大漠中建立蓄水设备，只要有了水，就能改变大漠的生态环境。”艾力江临走叮嘱黄建疆,明天开始供水,一旦供水就不能中断哟。排碱渠太长，中断供水后就流不到大漠了。这么吧，一天我给你算一万，你先供五天，我看看效果再来找你。

黄建疆一听大喜过望，一天一万，这哪是卖水呀，是卖油呢嘛!

无论多么高贵的战马
只能用来耕地

二十二

我哥哥黄老斜虽然是个财迷，但他还是多长了一个心眼。在给艾力江供水前，又给他打了一个电话。黄老斜说给你供水没问题，这都是利国利民的大事，不过，你要改变大漠的生态环境，团里批准了吗？艾力江说，这个不是团里批准的事，我有国家批文，余副团长也知道。黄老斜一听有国家批文，心头非常振奋，一碗泉参加了国家项目，一天一万，那一年要挣多少钱呀。这事既然余副团长都知道了，我哥哥也就放心了。艾力江在电话中告诉黄老斜，这是国家项目，要保密，我这只是试验阶段，在国家没有正式启动前，不能告诉任何人。黄老斜让艾力江放心，他是兵团二代，会为国家保密的。

黄老斜用四台抽水机开始没日没夜地向排碱渠里抽水。

黄老斜的行为引起了38连人的注意，特别是许大马，找到黄老斜，说你又想把一碗泉水抽干呀，这一碗泉里到底有啥宝贝？黄老斜回答，一碗泉水抽不干，我往排碱渠抽水是有原因的。许大马问啥原因，黄老斜随口就来，说一碗泉冬季没抽水，聚久了，水质不好。为了更好地为你们供水，把水换了。许大马用手捧着水尝了一口，甘甜清冽，水质优良，完全可以饮用。许大马说："黄老斜你肯定有病，把水白白抽进排碱渠。"黄老斜说："你急啥急，你地里又不缺水，五天后再给你供水，不耽误。"许大马不解，摇着头走了。

黄老斜一连抽了五天，许大马就告到了团里，说一碗泉虽然是黄老斜的身份泉，也不能这样，把水都抽进排碱渠里太浪费了。最后，许大马对余副团长深情地说："一碗泉的水那是水吗？那是大漠的乳汁呀！"许大马是个粗人，这样说话让余的水很意外，也有所触动。在许大马走后，余的水立即给黄老斜打了电话。余的水问黄老斜发什么疯，把水往排碱渠里抽，并且警告黄老斜，一碗泉虽然是你的身份泉，如果肆意浪费，那也是不允许的，团里可以收回。黄老斜听余副团长这么严厉，连忙悄声向余的水汇报。说这是艾力江要的水，钱都给了，艾力江说情况你都知道了，他要改变什么大漠的生态环境。余的水听说是艾力江要水，在电话中顿了一下，说改变大漠的生态环境，不就是开荒嘛！他确实找过我，可这事团里也没批呀，难道他偷偷开荒？这可不好，你立即停止供水，弄清楚他在什么地方开荒，然后向我报告。

黄老斜放下电话就把抽水机停了，反正也抽了五天了。黄老斜决定执行余副团长的命令，去调查艾力江在哪里开荒。黄老斜知道偷偷开荒是大事，为了保护新疆塔克拉玛干四周的生态环境，上级三令五申禁止开荒。新疆的用水流量都是黄河水利委员会直接管理的，通过卫星监控。

黄老斜要查清楚艾力江开荒的所在地其实很简单，那就是顺水摸鱼。沿着排碱渠走，看水流到哪里去了，找到了水流处，就找到艾力江了。黄老斜好久没有巡逻了，这次出门虽然另有任务，那也是一次真正的巡逻呀。黄老斜套上毛驴车，给驴带上了足够的草料，给自己带上了水和馕，巡逻的全部行头也都带齐了，有备而出。黄老斜在小木屋养腰已经很久没出门了，这一出来世界都变了，春天扑面而来。38 连人见了黄老斜，便主动打招呼，喊黄大队长，去巡逻呀！黄老斜很受用，向人家挥挥手，也不言语。人家就说，黄老斜时来运转，这下真牛了。

排碱渠边一般都是机耕道，毛驴车并不难行。家驴拉着车在前，野驴红柳跟在后，黄老斜躺在毛驴车上，十分享受，心旷神怡的。排碱渠里的水正向前走，这都是黄老斜抽的一碗泉之水，这些好水向大漠而去，哗哗地在渠里流淌着。渠边的芦苇一辈子也没有喝过这么甜的水，吸吮的声音“吱吱”含韵。机耕道边的沙枣树开了花，花香沉醉。养蜂人正在带领着蜜蜂采沙枣花蜜，嘤嘤嗡嗡地忙碌着。无论是家驴还是野驴都被花香引诱了，吸着鼻子翻着眼睛向沙枣树上张望，不愿走。黄老斜站在毛驴车上，用镰刀去削沙枣树枝，毛驴车就主动停了下来。黄老斜把开满沙枣花的树枝插在车上，花香四溢。野驴红柳上来就抢了一口，吃得得意忘形，丑态百出。这时，拉车的家驴却不干了，站在那里生闷气，犟着不走。黄老斜给拉车的家驴一束沙枣花，家驴吃上了才动了步。黄老斜用沙枣枝抽了家驴一下，骂：“老驴，都被惯坏了。”驴挨了打开始小跑，黄老斜惬意地躺着哼起了歌：“我们新疆好地方……方……天山南北好牧场……场……”然后就睡着了。

黄老斜醒来后，发现日已西斜，进入沙漠。身边没有了沙枣树，只有野生的胡杨树了。胡杨树东一棵西一棵的，显得孤独，不成林也不成序。排碱渠的水还在向前流着，只是那水显小了，水还没有到头。黄老斜当年去海子打渔走过这条路，等看到那三棵死胡杨树，海子就不远了。过了那三棵死胡杨，就是魔鬼城。排碱渠从魔鬼城边流过，注入海子。

黄老斜当晚就住在那三棵死胡杨树下，在那里吃馕，喂驴，睡了一夜。第二天中午黄老斜到达了海子。海子的水基本快干了，海子由于没有了丰沛的排碱渠水注入，渴坏了，泛着白沫就像在大漠中拉车的驴。水边白色的盐碱像冬天的雪，在阳光下刺眼。黄老斜吃惊地发现水并没有流进海子，在路过魔鬼城时，水不见了。黄老斜把毛驴车停在排碱渠边的一片芦苇中，让驴吃草，自己下到渠边逆水而上。他发现水是在流经魔鬼城边消失的，水在魔鬼城边就如着了魔，打着旋不肯向海子走了，而是在一丛芦苇荡里下沉，消失得无影无踪。黄老斜惊异地望着眼前的一切，自言自语地说：“水和我捉迷藏嘛，把自已藏了起来。”黄老斜用红柳棍向漩涡捣鼓了一下，深不可测，红柳棍差点被吸进去了。

所谓的魔鬼城就是喀斯特地貌，这种地貌的地质结构无论是地上还是地下都非常复杂。水从这消失的，流向地下，这说明地下是空的。“坎儿井”——黄老斜脑子里一下就闪现出了这三个字。黄老斜当年放水的时候，就吃过坎儿井的亏。这些古代废弃的坎儿井不能见水，一见水它就成活，有多少水都无法填满。它们会顺着坎儿井流进大漠，流向古代……

黄老斜还是比较了解这些古代废弃的坎儿井的。无论在地下怎么暗暗地流淌，在地面还是有蛛丝马迹的，隔一段距离必然会有一个井口。这些井口是古代劳动人民清淤用的。黄老斜趴在那里用望远镜观察整个魔鬼城，他发现每隔不远处就会出现一个白蚁窝样的井口。这些像白蚁窝一样的井口只是一个土堆，并不显眼。如果你不了解情况，这些土堆根本不会引起你的注意；如果你注意观察，就会发现这些土堆排列有致，向远处延伸。

黄老斜带上绳子、电筒、望远镜、红柳棍向离自己最近的土堆走去。来到土堆旁，黄老斜发现自己的判断没有错，都能听到流水的声音了。黄老斜用电筒向下照了一下，他看到自己的水正哗哗地笑着。黄老斜也笑了，说："别藏了，被我找到了。"水并不理会黄老斜，还在笑嘻嘻地向前流。黄老斜说："我的水，我必须抓住你。"黄老斜把绳子绑在红柳棍上，把红柳棍插进古代的土堆，顺着绳子就下去了。

坎儿井下十分宽敞，前面的井口就如探照灯。黄老斜根本不用电筒都能看见水逃跑的方向。黄老斜在坎儿井中追逐着自己的水，嘴里唠叨着："看你往哪跑，看你往哪跑。"黄老斜在坎儿井中追了两个井口远，他坐在水边歇息了一下，然后捧着水喝了一口："真好水，甜水，流了这么远都不变味，这是我的水。"黄老斜感叹："这哪里是水呀，简直是大漠的乳汁。"黄老斜可能不知道他这时的抒情和许大马完全一样。黄老斜还没将水全部咽下，突然，远方隐隐约约地传来了叮叮当当的声音，其间还伴随着人声，就像一群武林高手正在打斗。黄老斜大吃一惊，汗毛都竖了起来，一口水差点把自己噎住。黄老斜竖起耳朵听了一会，然后起身向声音传来的方向摸去。

黄老斜不知道走了多远，打斗的声音越来越近。这时，坎儿井突然转了一个弯，眼前豁然开朗。黄老斜被眼前的一切惊呆了，他揉揉眼睛，还掐了一下自己的大腿。当黄老斜确认自己不是在梦中后，他怀疑自己穿越到了古代。

眼前是一个大溶洞，溶洞上方有一线天，阳光从裂隙间射进来，整个溶洞亮如地面。黄老斜躲在那里，拿出了望远镜。他看到自己的水都流进了溶洞中的一个有游泳池大小的水池里。在水池边有两队人正捉对厮杀，手里的长刀砍得铿锵有声。水池边有一个石桌，坐了两个人，其中一个不是别人，正是艾力江，另外一个是位凶狠的大胡子，黄老斜不认识。黄老斜感觉到了真切的恐怖，自己的双腿有些软，有些不听使唤：“天爷，这不是恐怖分子训练基地才怪！”

黄老斜这次没有莽撞，他悄悄拿出手机。手机没有任何信号，只能当照相机和录像机用了。黄老斜先是录像，然后是拍照，也不知道是否清晰，管不了那么多了，然后悄然退后，原路返回了。

当黄老斜重见天日后，他觉得自己简直就是从地狱中逃了出来。他来到毛驴车旁，毫不犹豫地把野驴红柳套上了车。嘴里还唠叨着：“野驴呀野驴，你别不高兴。身为国宝，关键时候要为祖国做贡献。”黄老斜用红柳棍在野驴红柳屁股上戳了一下，喊：“快跑。”野驴红柳一惊，一下就蹿了出去。野驴红柳拉着车跑，黄老斜还向身后张望了一下，见无人追赶，才有所平静……

我后来听了黄老斜的故事，也为我哥哥捏了把汗。如果我哥哥当时被恐怖分子发现，他就是有九条命也不够死的。黄老斜误打误撞居然发现了恐怖分子的培训基地，这让我哥哥黄老斜成了一个真正的反恐英雄。最关键的是，我哥哥把艾力江这位埋藏很深的危险分子挖了出来。他的危害程度比在光天化日下持刀行凶的暴恐分子还大。

据后来审讯得知，艾力江早在十年前就加入了恐怖组织，在国外他还是一个头目。整个培训基地都是他亲自选定的，他曾经是38连斜眼班的职工，对大漠边缘的地形太熟悉了。当兵团民兵将大漠围困得水泄不通之时，整个南疆的恐怖分子培训基地的给养出现了严重的困难，特别是水，更是奇缺。艾力江只能亲自回国解决水的问题。艾力江利用黄老斜给培训基地供水，没想到被黄老斜顺藤摸瓜，找到了他们的老巢。

为了表彰我哥哥黄老斜的英勇事迹，黄老斜后来被任命为38连连长。一碗泉上交给了团里，由水管处统一管理。38连人当然不好叫我哥哥黄老斜了，都叫他黄连长。不过，许大马私下对人说，黄老斜是个官迷，为了当个连长，连一碗泉都不要了，勺子嘛，连长能挣多少钱？黄连长听到后，说许大马钻到钱眼里了，再乱说，处分你。

大家哈哈一笑都散了。

2017年5月5日一稿

2017年8月20日二稿

于丹弗尔湾

创作谈（代后记）

悲壮决绝和几千年的天真烂漫

张者

作为一个群体或者个体，新疆兵团人都是值得纪念和永远铭记的。从这个角度来说《远水》是为了纪念的抒写。千百年来，新疆有一代又一代的戍边者，他们都应该纪念，我们应该为此写出一本又一本的厚书。新疆历史上叫西域，那里天高地远，朔风呼啸，充满了一种古老的辽阔的气息。绿洲和城池在大漠深处和瀚海边缘，渺小而又天真。哪怕只有一座城池，西域人也神圣地立为国，西域历史上有 36 个国。于是，西域总是透露出一种悲壮和天真烂漫，因为小国随时都会被悲壮地灭亡，小国又总是透露出一种天真烂漫。这种悲壮和天真烂漫延续了上千年。当然，西域还流传着很多忧郁，在那里悍妇也会惆怅，莽汉也会忧伤。

当时间来到 1949 年后，又有一批人走向了大漠，而这批人就是我们的父辈。这时候的西域 36 国早已不复存在，西域成了中华民族的新疆，成了泱泱大国的一个省。我们的父辈们和古人没有什么区别，当他们走进大漠后，他们的喜怒哀乐和古人一脉相承。不一样的是他们除了悲壮和天真烂漫之外，还凭空多了一种信仰的豪迈和决绝。作为新时代的戍边者，他们喊出了震惊大漠的口号：我为边疆献青春，献了青春献子孙。

这样，我们就成了被献出去的一代。我们成了新疆兵团人的第二代，简称“兵二代”，或者“疆二代”。父辈们在我们还没有生下时就已经宣誓了，这就是我们的宿命。誓言是严肃的，有雪山和大漠作证。可是，青春是要自己做主的，如果说青春是一个脱离宏大历史叙事的个人神话，那么疆二代对于父辈承诺的一次次撞击，无疑开拓了他们青春的疆界。没有什么可以阻挡这份自行其是和无法无天以及西域天空下的天真烂漫。

他们激烈对抗上一代他者的情绪，就像一匹天真烂漫的小马驹的撒欢和尥蹶子。

疆二代最终兑现了父辈的承诺，他们继承了那种天真烂漫却没有了父辈们的悲壮感也没有了历史的决绝。他们已经没有觉得是在戍边了，他们认为西域原本就是自己的故乡，而父辈们的故乡在哪里呢……那只是一个传说。

小说分第一部分和第二部分，这是一种对比，看看一个小马驹是怎么成为一个任劳任怨的稳当的能驾驭马车的好辕马的。这种对比或许本身有些反讽的意味。过去的断裂已经成了中年后自己讲述给自己的让人脸红的故事。大多数人在年轻时的“断裂”和“撒泼”其结果并不能找到更高尚的新秩序。现实告诉我们，生活最后必须兼容，长大后我们必须担当。只是，兵团人的身份比较尴尬，说他们是兵团战士，却不给他们发枪；称他们是农民，却没有真正属于自己的土地；认定他们为工人，却没人给他们发工资……他们真成了父辈献出去的子孙。

一代人的诺言已经实现，可是，西域如此辽阔，那里如此人少。

那里还需要更多的人，那里属于我们每一个人。雪山是我们的，大漠是我们的，新疆的葡萄、哈密瓜是我们的，我们的新疆还需要新一代。

土生土长的新一代当然是有的，如今疆三代和疆四代已经开始了他们的天真烂漫的青春岁月，也许更应该抒写他们的现实生活。本书还应该有第三部分、第四部分……每一部分组合在一起那将是一本大书。

最后要说的是：本书的照片有三种来源，有本人拍摄的，有新疆的朋友提供的，还有一部分是从网络上下载的，在这里一并感谢了。特别是网络上的照片无法联系到本人，希望您直接和出版社责编联系，我们会按规定支付相应的报酬。

2018 年 5 月 19 日

图书在版编目（CIP）数据

远水 / 张者著. — 北京 : 北京十月文艺出版社，2018.8

ISBN 978-7-5302-1801-3

Ⅰ. ①远… Ⅱ. ①张… Ⅲ. ①长篇小说—中国—当代
Ⅳ. ① I247.5

中国版本图书馆 CIP 数据核字（2018）第 045184 号

远水
YUANSHUI
张者 著

出　　版　北京出版集团公司
　　　　　北京十月文艺出版社
地　　址　北京北三环中路 6 号
邮　　编　100120
网　　址　www.bph.com.cn
发　　行　新经典发行有限公司
　　　　　电话（010）68423599
经　　销　新华书店
印　　刷　北京盛通印刷股份有限公司
版　　次　2018 年 8 月第 1 版
　　　　　2018 年 8 月第 1 次印刷
开　　本　880 毫米 ×1230 毫米　1/32
印　　张　8.25
字　　数　110 千字
书　　号　ISBN 978-7-5302-1801-3
定　　价　39.00 元
质量监督电话　010-58572393
如有印装质量问题，由本社负责调换。